樂 府

·

心里满了，就从口中溢出

[美]桑顿·怀尔德 著
Thornton Wilder

但汉松 译

我们的小镇

Our Town

广东人民出版社
·广州·

目录

前言 / 1

人物 / 14

场景 / 15

第一幕 / 17

第二幕 / 103

第三幕 / 171

后记 / 222

前言

你正握在手上的，是一部伟大的美国戏剧，它的伟大也许是独一无二的。

假如你认为自己对《我们的小镇》并不陌生，那么你很可能是很久以前在六七年级时读过。那时候，这部剧被放在几卷不算厚的美国文学入门选读里。和它同时被收录的，还有约翰·斯坦贝克的《小红马》(*The Red Pony*)和伊迪丝·华顿的《伊坦·弗洛美》(*Ethan Frome*)。你被强制去读它，就像你在年幼无知时被迫服下那些难吃的药，却不知道他们多么有帮助。或者，也许你看了太多由业余人士编演的这部剧，以至于（客气点儿说）你无法相信这里面有什么伟大之处。你对新罕布什尔州格洛佛角的市民们的家庭活动不屑一顾，对于乔治·吉布斯和艾米丽·韦伯之间那种看似老套的浪漫爱情也嗤之以鼻。你认为《我们的小镇》不过是美国传统文学里一个老掉牙的遗迹，也把桑顿·怀尔德和诺曼·洛克威尔（Norman Rockwell）以及弗兰克·卡普拉（Frank Capra）一道归进了媚俗作家之列。

你可能已经对卡普拉另眼相看了（著名影片《生活真美好》实际上很大程度上借鉴了《我们的小镇》），也可能现在认为洛克威尔是一位很好的插图家（哪怕你还不能说服自己去称他为一位艺术家），但怀尔德就要另当别论。在你看来，他一直就是个学校里的教书匠，对着一群比他知识更渊博的现代公众宣讲他那套过时的价值观。你固执地怀疑他在美国文学中的重要性。

不止你一个人这么想。

我也要承认一件事：过去我并不太欣赏桑顿·怀尔德的文学成就。和你们中的很多人一样，我很小就读过《我们的小镇》，也看过该剧的几次演出。我曾经觉得自己了解这部作品，并且坦白说，不是很喜欢它；我不明白它有什么了不起的地方。这种看法直到 1988 年我看了林肯中心剧院上演的这部戏后才被改变，它是由格里高利·默谢尔执导的。这成为我的剧院看戏生涯里最难忘的经历之一。我深深沉醉于它那颠覆性的力量，被它的智慧所温暖，为它的第三幕感到错愕，以至于我都无法相信这是我童年时便熟知的那部剧了。我回家重新读那部一直摆在我书架上的杰作，在文本细读中看默谢尔和他剧组的演员们（主演是斯伯丁·格雷，扮演"舞台监督"）究竟对原剧做了何种改变。就我的比较来看，他们的改动之处甚少。真正有了改变的，是我自己。那时是 20 世纪 80 年代末，我三十而立，已为父母送葬，抗议过一场可怕的战争，也坠入过爱河。换言之，我已经经历了足够的人生，所以能最终理解《我们的小镇》有何伟大之处。

"当我们'相信'一部想象力作品时，所做出的反应就是在说：'理当如此。我一直知道这一点，只是没有充分意识到。'现在，当面对这部戏剧、小说或诗（或照片和音乐）时，我知道我是知道的。"

怀尔德是对的，我相信这段话里面的每个字。

当老师的诸多幸福之一，就是可以向学生介绍你崇拜的作品。你无法重新体验第一次看见、听见或读到某个艺术作品时的感觉，但你可以退而求其次：讲授它。通过学生们的发现，你可以在他人身上重温自己很多年前发现这部作品时的喜悦。

我在耶鲁教本科生戏剧写作。除了每周的写作作业和学期课题设计之外，我的学生还会和我一起阅读、分析各种当代英美戏剧作品（都是我个人最喜欢的），包括哈罗德·品特（Harold Pinter）的《背叛》（*Betrayal*），大卫·马梅特（David Mamet）的《拜金一族》（*Glengarry Glen Ross*），约翰·格尔（John Guare）的《六度分离》（*Six Degrees of Separation*），卡里尔·丘吉尔（Caryl Churchill）的三部剧《沼泽》（*Fen*）、《优异女子》（*Top Girls*）和《疯癫森林》（*Mad Forest*），田纳西·威廉斯的《热铁皮屋顶上的猫》（*Cat on a Hot Tin Roof*），华莱士·肖恩（Wallace Shawn）的《丹姑妈和丽蒙》（*Aunt Dan and Lemon*），克里斯·迪朗（Chris Durang）的《贝蒂和布的婚姻》（*Marriage of Bette and Boo*）和安娜·迪福雷·史密斯（Anna Deavere Smith）的《镜子里的火》（*Fires in the Mirror*）。每一部都能带来很多关于结构、人物、事件、主题、故事和风格方面的讨论。

前言

　　几年前，我把《我们的小镇》也加进了这个名单。我狡猾地把它放在最后：在上了一个学期关于"什么才是好戏剧"的课以后，我悄悄把一部真正伟大的剧搁了进去。不过，我并不告诉他们这部剧很伟大。"为什么你要我们读这部剧？"他们想知道。"什么都没发生啊。""过时了。""太简单了。""太感伤了。"

　　他们的态度是我预料之中的。于是，我就能够享受那种改变他们偏见的过程，让他们明白一切恰好相反：《我们的小镇》绝不会是过时的，它是永恒的；它确实简单，但是深刻；它充满了真实的伤感，但并不意味着这部剧本身是感伤的；至于说它过于平淡，那么好吧，这部剧所讲述的其实是一件大事——那就是生活本身。

　　和很多伟大的艺术作品一样，它的伟大可能具有欺骗性：光秃的舞台、极简的语言，以及原型化的人物。"我们的主张，我们的希望，我们的绝望都存在于心灵中，"怀尔德写道，"而不是在'布景'里。"事实上，他的剧本是这样开头的："没有帷幕。没有布景。"这些话在当时是惊世骇俗的，认识到这一点很重要。想想那个语境：这部剧是 1937 年写的，在美国当时的编剧法则中，这样的舞台指示闻所未闻。在《我们的小镇》进军百老汇的那个演出季，其他知名的剧目都是一些现在已无人问津的大街喜剧（分别是菲利浦·巴里的《小丑光临》、克莱尔·布斯的《与男孩吻别》）以及已过气的剧作家 E. P. 康克和保罗·文森特·卡罗尔写的悲喜剧（《荣耀序曲》和《影子和实在》）。怀尔德是在以一己之力，挑战戏剧的极限。老套作家？桑顿·怀尔德是个激进分子！是预言家！

在 1957 年为《戏剧三种》（*Three Plays*）写的"导言"中，怀尔德言及自己在写《我们的小镇》之前的十年，便开始感觉到去剧院看戏的日渐无味，因为"不再相信那儿所上演的故事……我想说的是：那些剧就是为了舒缓人心。悲得没有温度，喜得没有锋芒，其社会批判也不能在我们心中激发责任感"。（在怀尔德写下这番话后，我们的戏剧真的有什么大变化吗？看看百老汇流行的那种"舒缓的"闹剧，在那里"严肃"戏剧被视为异端，因此这番话今天仍然适用。）

在将舞台的虚假噱头剥掉的同时，怀尔德还给自己设定了一项艰巨的挑战。他用两架梯子、几件家具，以及最少量的道具，试图"在我们日常生活中为最微小的事件找到最珍贵的价值"。演员在舞台上都是哑剧演出;"舞台监督"既是一个全知全能的叙事者,也充当演员。这些设想在 1937 年的美国戏剧中都具有惊人的现代性。诚然,欧洲的皮兰德娄(Pirandello)在十五年前用《六个寻找剧作家的角色》(怀尔德观看了它的世界首演)打破了戏剧的常规,而在《我们的小镇》之前的十年,奥尼尔用《奇异的间奏》(Strange Interlude)探索了剧场叙事的疆域(虽然其效果不一而足)。但在《我们的小镇》中,怀尔德彻底抛开了对于角色和故事的定见,将美国戏剧带进了 20 世纪。他对舞台做的变革,就如同毕加索和布拉克用立体主义试验对绘画的变革,或乔伊斯的意识流对小说的变革一样。

1930 年,以小说家身份进入文坛的怀尔德就开始了对戏剧形式的实验。他受到了日本能剧中极简叙事的影响,在《漫长的圣诞晚餐》中大胆地将一个家族九十年的历史压缩到二十分钟的舞台时间里。在写于 1931 年的独幕剧《希亚瓦萨号列车》中,他用最少的布景将火车车厢中的一角和乘客搬上舞台并赋予其生命力。这部剧就是一次极好的排练,然后他就能把其中的很多想法放心大胆地放进《我们的小镇》中。当然,这部剧本身也非常出色。在剧中,怀尔德各种绝妙想法层出不穷:在普尔曼火车上椅子成了卧铺;演员代表了行星和路过的田野村镇(包括新罕布什尔州一个叫格洛佛角的地方);台上出现了舞台监督(在《前往特伦顿与卡姆登的快乐旅程》中也有);只露了一面的鬼魂,它生前是一位德裔移民劳工,是在参与修建火车穿越的一座桥洞时死去的;也许最令人吃惊的,是一个年轻女子——她是艾米丽的原型——在旅途中意外死去。这个女人向陪同她去往终极之地的天使长加百列和米迦勒哭喊"我什么都不曾做过,我这一生全都虚度了。"之后,她才接受了自己的命运。"我明白了,"她最后说,"我明白了,我现在全都明白了。"

所有那些认为《我们的小镇》是在书写美国生活的理想画卷的人,都没能看到怀尔德笔下的信仰缺失和言不由衷。"哦,妈妈,你从来都不和我说实话。"艾米丽向母亲抱怨。

酗酒的风琴手西蒙·斯蒂姆森是一个绝妙的创造,他既是令人捧腹的丑角,又令人无限唏嘘。他不是剧作家用来搞笑的小镇醉鬼,相反,他是一个在折磨中走向自我毁灭的人,他非常想获得帮助,却被禁欲恪守的乡邻罔顾。通过西蒙·斯蒂姆森的悲剧(我们得知他在第三幕中自杀了),怀尔德说明了这个社会在互助互爱方面的失察，也说明了这种系统性的无视有多么隐匿。"我们其他人，"吉布斯太太在谈论西蒙公共场合的醉酒行为时说道，"就应该睁一只眼闭一只眼。"我们也许会嘲笑她的这种新英格兰式实用主义，但这确实令人胆寒。

这部剧的完美之处首先体现在题目上。格洛佛角属于我们所有人，它就是我们的小镇，是人类家庭的小宇宙，是美国人的属种。但在其特定性中，它变成了所有的小镇，每个地方的小镇。事实上，该剧在世界各地不同文化中的成功演出已经足以证明，它绝不仅仅是一部属于美国的戏剧。这部剧抓住了所有生命的共通体验。

舞台监督告诉我们，这部剧是从 1901 年 5 月 7 日开始演的，但是这个特定的时间毫无疑问也适用于 1937 年，也适用于我们现在所处的时代。三幕剧的结构是极简的典范：第一幕被昵称为"日常生活"；第二幕叫"爱情与婚姻"；第三幕剧，我想你们能猜到那是关于什么。

这种将生与死，过去、现在与未来并时而置的做法，贯穿了《我们的小镇》。当我们刚刚认识吉布斯医生和他的太太，舞台监督便告诉各位他们是如何死去的。这部剧才上演了几分钟，死亡的绵长暗影就已经投在了舞台上，并与之后的一切形成了反讽。在这种高悬的死亡幽灵下，格洛佛小镇居民的日常生活获得了一种庄严感。

当挨家挨户送报纸的十一岁男孩乔·克罗威尔上场时，他和吉布斯医生谈论天气，谈论自己老师即将举行的婚礼，谈论他恼人的膝盖。这平淡无奇的一幕突然变得很揪心，因为舞台监督以随意的语调告诉我们年轻的乔未来会发生什么：他拿到去麻省理工学院的奖学金，以全班头等成绩毕业。"乔本来要成为一名优秀的工程师，但战争爆发了，他死在了法国。——所有那些教育都白费了。"当作家能像生活一般铁石心肠，谁还能再去指责怀尔德写的是感伤主义？他只用了寥寥数笔，就雄辩地刻画出生活的无常和战争的无奈。怀尔德所指的那场战争，当然是所谓的"伟大的战争"——当他写《我们的小镇》时，世界正处于两次世界大战的中间。在今天，送报纸的男孩的悲惨命运可能会更加让人扼腕，因为在那次战争之后，世界又经历了许多的死亡与浩劫。

我们应留意怀尔德在戏剧结构上的勇敢创新。他用一种风格化的反常规手法，将每一幕的叙事流动都打断。在第一幕中，韦拉德教授和韦伯主编谈论格洛佛角的地理和社会，这让人想到与他同时代的小说家约翰·多斯·帕索斯（John Dos Passos）在《美国》三部曲中运用的新闻短片和摘录的拼贴技法。

在第二幕的开场，是三年之后乔治和艾米丽的结婚日。舞台监督打断了那些兴奋忙乱的婚礼筹备，向观众展现"这一切是如何开始的……我非常感兴趣的是，这么重要的事情是如何开始的"。于是，他带着我们回到过去，看这对情侣在杂货店柜台前的交谈，"那是他们第一次知道……他们'郎有情，妾有意'"。在还原了这个对日后有重大影响的事件之后，我们又重新回到婚礼现场。紧张的艾米丽悲伤地问父亲："我为什么不能就像现在这样，待在家里？"她所动情表达的，是一个不知岁月滋味的孩子的愿望，唯愿能延长那无邪的童年时代，避开残酷的成年世界。

从"爱情与婚姻"到"死亡"的过渡，是突如其来且令人揪心的，正如现实生活中那样。在幕间休息之前，那些人还在舞台上活得好端端的，让我们赏心悦目，而现在却冷冷地坐在本镇墓园的一排排凳子上。吉布斯太太、西蒙·斯蒂姆森和曾经

"很喜欢那个婚礼"的索默斯太太，现在都死了，就像年纪轻轻的华莱士·韦伯那样——他在一次童子军宿营旅行的路上死于阑尾爆裂。

虽然在杂货店的那段倒叙是第二幕的重心，但艾米丽在第三幕中间对过去岁月的重访才是全剧的情感高潮。艾米丽不久前在生第二胎时去世，她希望能回到过去的幸福时光看看，于是选了十二岁生日那天。死去的人们警告她，这样的重返将是痛苦的。他们告诉她，死者的工作，就是去忘记生者。艾米丽很快就认识到他们是正确的，并决定加入那些无牵无挂的死者。她的临别告白是美国戏剧中的不朽篇章："再见，再见，世界。再见，格洛佛角……妈妈，爸爸。再见，我的闹钟……妈妈的向日葵。食物和咖啡。新熨好的衣服，还有热水澡……睡觉和起床。哦，地球，你太美妙了，以至于无人能认识到你的好。"

怀尔德谦虚地写道："我不是大家所期待的创新剧作家之一。我希望我是。我希望自己的创作是为他们铺路。"他说自己不是"创新剧作家"，这是错的。在某些方面，他堪称第一位美国剧作家。他对后世剧作家的影响——田纳西·威廉斯、阿瑟·米勒、爱德华·阿尔比、兰福德·威尔逊、奥古斯特·威尔逊、宝拉·沃格尔等人——是不可估量的。

"农舍，婴儿车，驾着福特在礼拜日下午出行，第一次风湿，祖孙，第二次风湿，临终时刻，宣读遗嘱"——生命的所有流转，都写进了这里，都在《我们的小镇》中。

如果你还没读过《我们的小镇》，我会嫉妒你。一次有趣的发现之旅正等着你。

欢迎你来到——或重返——《我们的小镇》。

唐纳德·马奎里斯（Donald Marguiles）

于纽黑文，康涅狄格

人物

舞台监督

吉布斯医生

小乔·克罗威尔

豪伊·纽萨姆

吉布斯太太

韦伯太太

乔治·吉布斯

瑞贝卡·吉布斯

沃利·韦伯

艾米丽·韦伯

韦拉德教授

韦伯先生

楼厅包厢里的女人

观众席后面一个男子

包厢里的女士

西蒙·斯蒂姆森

索默斯太太

沃伦警长

斯·克罗威尔

三个棒球队队员

山姆·克雷格

乔·斯托达德

场景

整部剧发生在格洛佛角,
新罕布什尔州。

第一幕

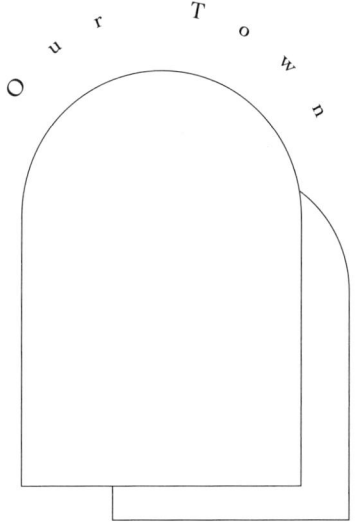

没有帷幕。

没有布景。

观众到场时看见的是半明半暗的空旷舞台。

很快，舞台监督戴着帽子、叼着烟管进来，将一张桌子和三把椅子放在舞台的左前方，又将一张桌子和三把椅子放在舞台的右前方。

他还把一个矮脚长凳放在左边一角，这里将代表韦伯先生的房子。

"左""右"是按演员面对观众的方向来说的。"上"是指靠近后墙的方向。

当剧院灯光变暗时，他已经把舞台安排妥当，倚着右边前台口的柱子，看着刚刚到场的观众。

当观众席完全暗下来时，他说道：

舞台监督：

> 这部剧的名字叫"我们的小镇"。作者是桑顿·怀尔德，由甲制作并导演……（或：由甲制作，乙导演……）。剧里你会看见丙小姐、

丁小姐、戊小姐，还有己先生、庚先生和辛先生，还有其他很多人。小镇的名字叫格洛佛角，在新罕布什尔州——穿过马萨诸塞州的边界一点就是了。经度为 42°40'，纬度为 70°37'。第一幕演的是我们小镇上的一天。日期是 1901 年 5 月 7 日。时间是天蒙蒙亮之前。

公鸡打鸣。

在我们的山后面，东方的天空开始露出鱼肚白。晨星总是在要隐没之前变得分外明亮——不是吗？

他盯着星星看了一会儿，然后走到舞台上。

我得给你们看看我们小镇的位置。看上面——

这说的是和后墙平行的地方。

这是大街。那后面是火车站；铁路是这个方向。铁轨那边是波兰区，还住着几户加拿大人。

指着左边。

这里就是公理会教堂；街对面是长老会的教堂。卫理公会教堂和唯一神论派教堂在那边。洗礼会的在河下游。天主教的教堂在远处的铁路那边。

这里是市政厅，也是邮局所在地。监狱在楼里的地下室。布莱恩曾经站在这里的台阶上发表过演讲。

这边一排都是店铺，前面都是拴马的柱子。大概五年之后这里才会有第一辆汽车 —— 那是银行家卡特赖特的，他是我们这儿最有钱的……住在山上那座白色的大房子里。

这里是食品店,这里是摩根先生的杂货店。镇上大部分人每天都会来这两家店铺转转。

小学在那边,中学还要更远一点。早上九点差一刻,以及中午和下午三点时,整个镇上都能听到那些学校操场传来的喧闹声。

他走到舞台前右方的桌椅那边。

这是我们医生的家 —— 吉布斯医生。这是后门。

推出两个拱形的架子,上面盖着葡萄藤和花,分别放在舞台前方的两根柱子旁边。

这是布景,是为那些认为必须要有布景的人准备的。

> 这是吉布斯夫人的花园。玉米……豌豆……菜豆……蜀葵……芥菜……还有很多牛蒡。

穿过舞台。

> 那时候,我们的报纸是一个礼拜出两期——格洛佛角的《哨兵报》——这是报纸主编韦伯先生的家。

> 这是韦伯夫人的花园。和吉布斯夫人的一样,这里也种了很多向日葵。

他抬头看着舞台的中上方。

> 就在这里……种着一棵很大的白胡桃树。

他回到舞台右前方的柱子那里,对着观众看了一分钟。

这小镇不错，你明白我的意思吧?

据我们所知，这里还没出过什么大名人。

山上墓地最早的墓碑是从 1670 年到 1680 年的——碑上的名字是格洛佛、卡特赖特、吉布斯和赫西——都是现在这里常见的姓氏。

好了，刚才说过，天快亮了。

镇上只有几个地方亮着灯。一个是铁路旁边的小农舍，里面的波兰母亲刚刚生了对儿双胞胎。一个是乔·克罗威尔家，他家小子乔正起床去送报纸。还有就是在车站，肖迪·霍金斯正在准备为 5 点 45 分开往波士顿的火车摇旗发车。

传来火车汽笛声。舞台监督拿出自己的表，点了点头。

当然，在乡下，人们已经起床好一会儿了，要去干挤奶这样的活儿。但城里人起得晚。于是——新的一天开始了。现在吉布斯医生正沿着大街走过来，他刚刚接生完孩子。这边，他的妻子正在下楼准备早餐。

吉布斯太太身材微胖，性格和蔼，三十五六岁，从右边的"楼梯"下来。她将厨房里假想的百叶窗拉起来，开始在炉灶里生火。

吉布斯医生于1930年逝世，新的医院就是以他的名字命名的。

吉布斯太太是最先过世的——事实上，她死得很早。她去女儿家探亲，女儿叫瑞贝卡，嫁给了俄亥俄州坎顿一个卖保险的，她就死在那儿了——肺炎——但尸体被运了回来。她现在就在山上的墓地里——和一大群叫吉布斯和赫西的人葬在一起——在她和吉布斯医生还没在公理会教堂结婚时,她的名字叫茱莉亚·赫西。

在镇上,我们想对每个人都了如指掌。

韦伯太太也下楼来准备早饭了。

这位是吉布斯医生。他是夜里一点半被人叫走的。

那边过来的是小乔·克罗威尔,他正在派送韦伯先生的《哨兵报》。

　　吉布斯医生从大街左边走来。快要到家时,他停了下来,放下他的(想象中的)黑包,摘下帽子,用一块大手帕疲惫地擦了擦脸。韦伯太太身材很瘦,表情严肃,动作利索。她走进左边的厨房,系上围裙。她做出把木头放进炉灶的动作,然后点上火,开始准备早餐。突然,十一岁的小乔·克罗威尔从大街的右边过来，将假想的报纸扔到门廊。

小乔·克罗威尔：

  早上好，吉布斯医生。

吉布斯医生：

  早上好，乔。

小乔·克罗威尔：

  有人生病了吗，医生？

吉布斯医生：

  不是。波兰区那儿生了对儿双胞胎。

小乔·克罗威尔：

  您现在想拿报纸吗？

吉布斯医生：

> 好吧，我拿一下。从上周三到现在，世界上发生了什么大事吗？

小乔·克罗威尔：

> 是的，先生。我的老师，佛斯特小姐，要和康科德[1]的一个人结婚了。

吉布斯医生：

> 真的啊？你们这些男孩儿对此怎么想？

小乔·克罗威尔：

> 当然了，这不关我的事 —— 但我觉得如果一个人开始就当老师，那么她就应该一直教下去。

---

1 康科德（Concord）：新罕布什尔州的首府所在地。（本书注释均为译者注。）

吉布斯医生：

> 你的膝盖怎么样了，乔？

小乔·克罗威尔：

> 还好，医生。我压根儿没怎么惦记它。只是像您说的，它总是会告诉你什么时候要下雨。

吉布斯医生：

> 它今天告诉你什么了？要下雨吗？

小乔·克罗威尔：

> 不下，先生。

吉布斯医生：

> 确定？

小乔·克罗威尔：

> 是的，先生。

吉布斯医生：

> 膝盖出过错吗？

小乔·克罗威尔：

> 没有，先生。

小乔·克罗威尔下台。吉布斯医生站着读报纸。

舞台监督：

> 我想和你说说那个男孩儿乔·克罗威尔的事。乔非常聪明——从这里的高中毕业，是班上第一名。所以他拿到了去麻省理工的奖学金。在那里，他也是班上的尖子毕业生。那时波士顿的报纸上都有写到。乔本来要成为一名优秀的工程师，但战争爆发了，他死在了法国。——所有那些教育都白费了。

豪伊·纽萨姆：

（在舞台左边）起来，贝西！你今天这是咋了？

舞台监督：

过来的是豪伊·纽萨姆，送牛奶的。

豪伊大约三十岁，穿着工装裤，从大街左边走过来，旁边跟着一匹看不见的马和四轮车，上面装着想象中的奶瓶架子。人们可以听到奶瓶碰撞的响声。他把几个瓶子放在韦伯太太的藤架下，然后去舞台另一边的吉布斯太太家，在中间停下来和吉布斯医生聊天。

豪伊·纽萨姆：

早上好，医生。

吉布斯医生：

早上好，豪伊。

豪伊·纽萨姆：

有人病了？

吉布斯医生：

古拉斯罗斯基太太家生了对儿双胞胎。

豪伊·纽萨姆：

双胞胎啊？这个镇子每年都在壮大啊。

吉布斯医生：

要下雨吗，豪伊？

豪伊·纽萨姆：

不会，不会。天不错，会一直晴下去。过来，贝西。

吉布斯医生：

你好，贝西。

(摸了摸后面的马)她多大了,豪伊?

豪伊·纽萨姆:

快十七了。自从洛克哈特家不再每天订奶之后,贝西对路线就完全糊涂了。她还是想和以前一样给他们留一瓶 —— 一路上就在那儿叽叽歪歪。

他走到吉布斯太太家的后门。她正在等他。

吉布斯太太:

早上好,豪伊。

豪伊·纽萨姆:

早上好,吉布斯太太。医生正从街上往这走呢。

吉布斯太太:

是吗?你今天好像晚了。

豪伊·纽萨姆：

> 是的。那个脱脂器出了点儿问题。还不知道毛病在哪儿呢。
>
> （从中后方的吉布斯医生身边走过）医生！

吉布斯医生：

> 豪伊！

吉布斯太太：

> （从楼上喊）孩子们！孩子们！该起床了。

豪伊·纽萨姆：

> 走了，贝西！

他从右边离开。

吉布斯太太：

乔治！瑞贝卡！

吉布斯医生来到后门，穿过藤架进入家中。

吉布斯太太：

一切都顺利吧，弗兰克？

吉布斯医生：

是的。还真怪了——就和接生小猫一样简单。

吉布斯太太：

熏肉一会儿就好了。坐下来喝杯咖啡。你早上还能再睡一两个钟头，对吧？

吉布斯医生：

是啊！温特沃斯太太十一点钟过来。我能猜到又是啥毛病。她的胃又不怎么舒服了。

吉布斯太太：

> 算起来，你也睡不到三小时了。弗兰克·吉布斯，我真不知道你会变成什么样子。我真希望能让你去别的地方，休休假。我想这对你会有好处。

韦伯太太：

> 艾米丽！该起床了！沃利！七点了！

吉布斯太太：

> 喂，你真得去找乔治谈谈了。他最近好像心里有事。他完全帮不上我的忙，连让他劈个柴都不干。

吉布斯医生：

> （在水池里洗完手，把手擦干。吉布斯太太在炉灶前忙碌）他对你没规矩了？

吉布斯太太：

没。他就是发牢骚！他满脑子想的都是棒球——乔治！瑞贝卡！你们上学要迟到了。

吉布斯医生：

嗯——

吉布斯太太：

乔治！

吉布斯医生：

乔治，快点！

乔治的声音：

好的，爸！

吉布斯医生：

(下台时)难道没听见你妈喊你了吗？我想我得

上楼眯一会儿了。

韦伯太太：

沃利！艾米丽！你们要迟到了！沃利！艾米丽！你们自己好好洗漱，要不我就上去督促你们了。

瑞贝卡：

妈！我该穿什么？

吉布斯太太：

别大嗓门。你爸出去了一夜，得睡会儿觉。我特意把你那件蓝色方格花布裙洗好熨好了。

瑞贝卡：

妈，我讨厌那条裙子。

吉布斯太太：

噢，你给我消停点儿。

瑞贝卡：

每天上学我都穿得像一只病恹恹的火鸡。

吉布斯太太：

得了吧，瑞贝卡，你长得可不差。

瑞贝卡：

妈妈，乔治又拿肥皂扔我。

吉布斯太太：

我要上去揍你们两个，我这就要过去。

工厂的笛声响了。孩子们冲了进来，在桌前坐下。右边是乔治，大约十六岁，然后是瑞贝卡，十一岁。左边是艾米丽和沃利，岁数一样。他们拿着装订过的课本。

舞台监督：

我们镇上也有工厂了——听见了？是生产毯子的。卡特赖特家开的，他们可发财了。

韦伯太太：

孩子们！现在我可要管管你们了。早饭和其他餐一样重要，我不准你们这样狼吞虎咽。这会影响你们发育的——这是真的。把书放下，沃利。

沃利：

啊，妈！十点钟以前我要把加拿大搞清楚。

韦伯太太：

你和我一样知道规矩吧——吃饭时不准看书。在我看来，养个健康的孩子，比聪不聪明可更重要。

艾米丽：

> 我两个都是。妈妈,你知道的嘛。我是学校这个年龄里最聪明的女生。我记忆力超群。

韦伯太太：

> 吃你的早饭。

沃利：

> 我也聪明,我在看自己集的邮票时就挺聪明的。

吉布斯太太：

> 等你爸休息好了,我会和他谈谈这事。在我看来,每星期 25 美分,对你这个年纪的男孩儿足够了。我真不知道你都是怎么花的。

乔治：

> 啊,妈,我有很多东西要买。

吉布斯太太：

草莓汽水——你的钱就花在这上面了。

乔治：

我就不懂了，为什么瑞贝卡可以有那么多钱。她1美元都不止。

瑞贝卡：

（汤勺放在嘴里，轻柔地说）我是一点点攒起来的。

吉布斯太太：

好了，宝贝。我觉得时不时花点儿钱，也是有好处的。

瑞贝卡：

妈妈，你知道我在这个世界上最爱的是什么吗——知道不？——就是钱。

吉布斯太太：

> 吃你的早饭。

孩子们：

> 妈妈，第一道铃响了——我得赶紧了——我不想吃了——我得快点儿了。

孩子们站起身，抓起书本，穿过藤架，冲了出去。他们在舞台中前方相遇，相互攀谈，走到大街上，然后往左拐。舞台监督悄悄地从右边下台。

韦伯太太：

> 快点儿走，但是你们用不着跑。沃利，把裤子提起来，都掉膝盖上了。艾米丽，站直了。

吉布斯太太：

> 告诉佛斯特小姐，我对她表示衷心祝贺——你们能记住吗？

瑞贝卡：

　　能，妈。

吉布斯太太：

　　你看上去很漂亮，瑞贝卡。快点儿走吧。

所有人：

　　再见。

吉布斯太太用围裙捧满鸡食，走到舞台脚灯处。

吉布斯太太：

　　过来，鸡，鸡，鸡。去，走开，你。走开。过来，鸡，鸡，鸡。你们怎么回事啊？打，打，打——你们就知道打。咦？你不是我养的。你从哪儿来的？(抖了抖围裙)哦，别这么怕。没人会伤害你的。

韦伯太太坐在她家藤架旁边的凳子上,剥着豆角。

早上好,默特尔。你感冒怎么样了?

韦伯太太:

唉,我嗓子还是有点儿痒痒的。我已经告诉查尔斯了,今晚的合唱排练我不知道能不能去。我去了也不顶用。

吉布斯太太:

你是不是想尝试唱更高的音?

韦伯太太:

是的,但是我没法唱那么高还保持住那个音调。我就休息休息,剥剥豆角吧。

吉布斯太太:

(卷起袖子,穿过舞台来聊天)让我来帮你。今年豆角不错。

韦伯太太:

我豁出去了,打算存上个四十罐。孩子们嘴上说不喜欢吃,不过我发现,他们一冬天还是能把它们吃掉的。

停顿。几声小鸡的叽叽叫。

吉布斯太太:

听着,默特尔。我得告诉你点儿事,因为如果不找人唠唠,我就要憋坏了。

韦伯太太:

什么事啊,茱莉亚·吉布斯!

吉布斯太太:

来,给我几个豆角。默特尔,上周五,从波士顿过来的二手家具商有没有去你那儿?

韦伯太太:

没。

吉布斯太太:

好吧,他来我家了。起初我以为他是找吉布斯医生看病的。他不紧不慢地走进我家客厅,然后,默特尔·韦伯,他要给我 350 美元,换温特沃斯祖母的高脚柜,那时我就坐在这儿!

韦伯太太:

天哪,茱莉亚·吉布斯!

吉布斯太太:

真的!那个旧东西!唉,它太占地方了,我都不知道搁哪儿,差点就给表弟赫斯特·威尔考克斯了。

韦伯太太：

那你打算卖了，对吧?

吉布斯太太：

我不知道。

韦伯太太：

你不知道——这可是350美元啊！你没吃错药吧?

吉布斯太太：

好吧，假如我能说服医生用这笔钱真正去外地旅行一次，那我就卖掉它——你知道的，默特尔，我一生的梦想就是要去看看法国巴黎——哦，我不知道。听上去是不是很扯? 但这么多年我一直对自己说，要是我们有这个机会——

韦伯太太：

那医生什么态度？

吉布斯太太：

嗯，我试探了他一下，说假如我有一笔遗产——我就是这么说的——我想让他带我出去。

韦伯太太：

呃……他当时怎么说？

吉布斯太太：

你知道他这个人的。自从我认识他，就没听他说过一句正经话。他说，别，去欧洲旅游会让他腻味格洛佛角的；他说，最好知足常乐。他每两年都要去内战遗址看看，他说这样的旅游就算不错的了。

韦伯太太：

> 嗯，韦伯先生特崇拜吉布斯医生，他对内战实在是了如指掌。韦伯先生放弃拿破仑去研究内战，这倒是好事，不过有吉布斯医生这样的大专家，他总觉得挺沮丧。

吉布斯太太：

> 这倒是真的！吉布斯医生最开心的时候，就是去安提塔姆[1]或葛底斯堡。每次走过那些小山，默特尔，我们在每片草丛都要停下来，来回端详，仿佛我们要买下来似的。

韦伯太太：

> 好吧，假如那个二手商真心想买，茱莉亚，你就卖了吧。那样你就可以去巴黎了，是吧。你只要时不时旁敲侧击一下——我就是这样去大

---

1 安提塔姆（Antietam）：美国马里兰州中北部的一条小河。1862年9月17日，南北双方曾在这里展开过一次激烈的战斗。

西洋城的，你懂的吧。

吉布斯太太：

哦，我真不该提这个。只是在我看来，人这辈子应该在死前有次机会，去个不说英语也不爱说英语的国家瞧瞧。

舞台监督从右边快速上台。他对女士们斜了斜帽子，她们也点头还礼。

舞台监督：

谢谢，女士们。非常感谢。

吉布斯太太和韦伯太太收好东西，回到她们的屋里，然后消失。

现在我们要跳过几个钟头。首先，我们需要多了解一点儿这个镇子的情况，可以称之为那种科学的描述。所以，我请了州立大学的韦拉德教授过来，给我们简单讲讲本地的一些历史。韦拉德教授在吗？

韦拉德教授是一位农业专家，戴着夹鼻眼镜，眼镜系在一根很宽的缎带上。他从右边上台，手里拿着一些笔记。

有请我们州立大学的韦拉德教授。简单说说就好，谢谢，教授——很可惜我们的时间有限。

韦拉德教授：

格洛佛角……让我看看……格洛佛角位于阿巴拉契亚山脉的更新世岩石上。我可以说这是世界上最古老的大陆。我们对此很骄傲。有一层泥盆纪的玄武岩，带有一些中生代页岩的痕迹。还有些砂岩裸露于地表，这些是更近的：两三亿年了。

这里出土了一些非常有趣的化石……说是独一无二的化石……位于小镇三公里外的地方，在西拉斯·佩克汉姆的奶牛牧场。你们随时可以去我们大学博物馆里看——当然，是说任何合适的时间。我要不要念一些格鲁伯教授关于气象学方面的说明——我指的是降雨之类的？

舞台监督：

恐怕我们没时间讲这个了，教授。我们可以谈谈这里居民的历史情况。

韦拉德教授：

是的……人类学资料：早期美洲印第安人。克塔哈奇部族……10 世纪以前就没有他们存在的证据了……嗯……现在已经完全消失了……在三个家庭里可能还有一些血脉。到了 17 世纪末，大多数是英国蓝眼睛移民……从那之后，还有一些斯拉夫和地中海移民过来——

舞台监督：

人口呢，韦拉德教授？

韦拉德教授：

在本镇范围内有2640人。

舞台监督：

等等，教授。

他对着教授耳语。

韦拉德教授：

哦，真的吗？——人口，现在的数字是，2642人。加上邮政区域里另外的507人，总数是3149人。死亡率和出生率保持不变——按照麦克弗森的计算标准，是6.032。

舞台监督：

> 非常感谢，教授。我们都非常感谢您，真的。

韦拉德教授：

> 别客气，先生。别客气。

舞台监督：

> 这边走，教授，再次感谢。

韦拉德教授退场。

> 现在是政治和社会报告：韦伯主编——哦，韦伯先生。

韦伯太太从后门出现。

> 他马上就到……他刚刚吃苹果时把手割了。

舞台监督：

> 谢谢你，韦伯太太。

韦伯太太：

> 查尔斯！大家都在等你呢。

韦伯太太退场。

> 韦伯先生是格洛佛角《哨兵报》的发行人和主编。这是我们当地的报纸，你知道的。

韦伯先生从他家出来，穿上外套。他的手指用手帕包着。

韦伯先生：

> 这个……不用说，我们这里是由一个行政委员会[1]来管理的——所有男性21岁开始投票。女

---

1 行政委员会（Board of Selectmen）：美国新英格兰地区的行政职能部门的称谓，通常由三到九人组成。

性间接投票。我们是偏下的中产阶级：有少量的职业人士……10%是不识字的劳动者。在政治方面，我们86%是共和党，6%是民主党，4%是社会主义者，剩下的无所谓。宗教上，我们85%是新教徒；12%是天主教徒；剩下的，无所谓。

舞台监督：

你有何评论，韦伯先生？

韦伯先生：

如果你要我说的话，这就是个非常普通的小镇。和大多数地方都差不多。也许更沉闷。但是年轻人似乎都很喜欢这里。90%的高中生毕业后就在这里定居下来了——甚至那些离开家读大学的人也是如此。

舞台监督：

> 那么，观众里有没有人愿意问问韦伯主编任何与小镇有关的事？

楼厅包厢里的女人：

> 格洛佛角喝酒的多吗？

韦伯先生：

> 夫人，我不知道你说的"多"是指什么。星期六晚上农场的工人会在艾勒里·格里诺的小店里喝上几盅。我们镇子上也有一两个醉鬼，但是当福音教牧师来镇上时，他们又会觉得悔恨。不，夫人，我想说酒这个东西在这里并不常见，除了在药品柜里。被蛇咬的时候还是有用的，对吧——总是有用的。

观众席后面一个喜欢挑衅的男子：

> 镇上有没有谁意识到——

舞台监督：

> 往前来点，好吗，这样我们都能听清楚——你刚刚说的是什么？

喜欢挑衅的男子：

> 镇上有没有人意识到社会的不公和企业的不平等？

韦伯先生：

> 哦，是的，每个人都能感受到——有些事情很可怕。似乎他们大多数时候都在议论谁有钱、谁没钱。

喜欢挑衅的男子：

> 既然如此，为什么他们不做点什么呢？

他不等人回答就回座位了。

韦伯先生：

> 这个嘛，我不知道……我想和所有人一样，我们都在寻求一种方式，让那些勤奋聪明的可以往上走，而那些懒惰抱怨的就堕落到底层。但这不容易办到。与此同时，我们尽可能帮助那些无法自立的人。那些能自立的，我们就让他们自己奋斗。还有别的问题吗？

包厢里的女士：

> 哦，韦伯先生？韦伯先生，格洛佛角有没有什么文化或对美的热爱？

韦伯先生：

> 女士，这倒不多——你说的这种是没有的。说起来的话，在高中毕业典礼上会有些女孩儿弹钢琴，但是她们并不喜欢这个。不，女士，没有什么文化，但也许我在这里可以告诉你，我们有一种颇能享受的东西：我们喜欢早上照在

山岗上的太阳，我们对于鸟儿也有很多的关注。我们很注意这些东西。我们观察季节的变化；是的，所有人都了解它们。但说到别的东西——你说得对，女士——那倒是很少——《鲁滨孙漂流记》和《圣经》，亨德尔的《广板》乐章，这些我们都知道；还有惠斯勒的《母亲》[1]——我们大概就是这样一个水平。

包厢里的女士：

原来如此。谢谢你，韦伯先生。

舞台监督：

谢谢你，韦伯先生。

韦伯先生暂时休息。

---

1 惠斯勒（James McNeill Whistler, 1834—1903）：美国画家，肖像画《母亲》是其代表作之一。

现在，我们要回到小镇上了。现在刚刚下午，时间还早。所有这2642个人都已经吃完了午饭，所有的碗碟都洗好了。

韦伯先生脱下外套，回到表演中，开始在自家屋旁来回推一台割草机。

午后时分的镇上显得很宁静：从学校的楼里传来几声虫鸣蜂嗡；大街上只看得见几辆马车——马正在拴马桩的旁边打着瞌睡；你们都记得这是一番什么模样。吉布斯医生在办公室里，拍着病人请他们说"啊——"。韦伯在远处剪着草坪；十个人里总有一个会认为推着自己的割草机是一种福气。

不，先生。时间比我想的要晚了。已经有孩子们从学校回来了。

舞台左侧的远处能听见女孩们的尖叫声。艾米丽沿着大街走来，拿着几本书。她似乎正把自己想象成一个优雅绰约的女士。

艾米丽：

> 不行，洛伊斯。我要回去帮我妈妈，我都答应了的。

韦伯先生：

> 艾米丽，走路也不老实。你今天以为自己是谁啊？

艾米丽：

> 爸爸，你好坏。你一会儿让我笔直走路，一会儿又取笑我。我真不该听你的话。

她飞快地吻了他一下。

韦伯先生：

  天哪，我这辈子还没被这么漂亮的女士吻过呢。

  他走到视线以外。艾米丽弯下腰，在家门口摘了一些花。乔治·吉布斯沿着大街冲过来。他把球扔得老高，然后等着把它接住。有时他需要后退五六步才行。他撞上了一个对我们而言隐形的老妇人。

乔治：

  对不起，弗雷斯特太太。

舞台监督：

  （扮作弗雷斯特太太。）去球场上玩啊，小伙子。你在大街上玩个什么棒球。

乔治：

  非常抱歉，弗雷斯特太太——你好，艾米丽。

艾米丽：

你好。

乔治：

你今天在班上的演讲不错。

艾米丽：

嗯……其实我已经准备好了讲那个"门罗主义",可是科克伦小姐最后又让我去讲"路易斯安那购买案"。这两个让我花了好多时间。

乔治：

哎呀,挺有趣的,艾米丽。从我楼上的窗户里,我能看见你在房间里熬夜做作业呢。

艾米丽：

啊,你能看见?

乔治：

你真的很有定力啊，艾米丽。我就搞不懂，你怎么能那么久坐着不动。我猜你很喜欢读书。

艾米丽：

是啊，我总觉得这是你应该经历的。

乔治：

是的。

艾米丽：

我真的不介意。时间过得挺快。

乔治：

是的。艾米丽，我有个建议！我们可以在你我窗户之间搞个电报那样的玩意儿，如果我代数题不会做了，你可以不时给我一点点提示。我不是要答案，艾米丽，当然不是……就是一点点提示……

艾米丽：

哦，我觉得提示还是可以的。那好——假如你不会做了，乔治，你就对我吹口哨，我就会给你一些提示。

乔治：

艾米丽，我猜你是天生就这么聪明。

艾米丽：

我觉得有的人生下来就是这样吧。

乔治：

是的。但是，你知道的，我就想当一个农民。我的叔叔卢克说，只要我准备好了，就可以去他的农场做工，假如我干得好，就能慢慢接手过来。

艾米丽:

你是说房子和所有东西?

韦伯太太拿着一个大碗进来,坐在藤架旁边的凳子上。

乔治:

是啊,好吧,谢谢……我得去棒球场了。谢谢你和我聊天,艾米丽。下午好,韦伯太太。

韦伯太太:

下午好,乔治。

乔治:

回见,艾米丽。

艾米丽:

回见,乔治。

韦伯太太:

艾米丽,过来帮我剥豆角,都是为冬天存的。乔治·吉布斯挺会说话的,是不是?唉,他都长大了。乔治多少岁了?

艾米丽:

我不知道。

韦伯太太:

让我想想。他应该差不多十六岁了。

艾米丽:

妈妈,我今天在班上做了次演讲,表现很好。

韦伯太太:

你应该在晚饭时背给你爸爸听。是关于什么的?

艾米丽：

　　路易斯安那购买案。简直就易如反掌呢。我这辈子都要做个演讲家。妈妈，这些够大了吗？

韦伯太太：

　　最好还能再剥大一点点。

艾米丽：

　　妈妈，你能回答我一个问题吗，严肃的问题？

韦伯太太：

　　当然，亲爱的——别那么严肃嘛。

艾米丽：

　　严肃回答，行吗？

韦伯太太：

　　当然，我会的。

艾米丽：

妈妈，我好看吗？

韦伯太太：

是啊，你当然好看。我所有的孩子都长得不错。如果他们不好看，我这脸可挂不住。

艾米丽：

哦，妈妈，我不是这个意思。我想说的是：我漂亮吗？

韦伯太太：

我已经告诉你了，是的。就说到这为止。你有一张非常年轻漂亮的脸蛋。我从没听过这样的傻话。

艾米丽：

哦，妈妈，你从来都不和我们说实话。

韦伯太太：

我就是在和你说实话啊。

艾米丽：

妈妈,你当年漂亮吗?

韦伯太太：

是啊,如果说起来,我算是的。我是镇上除了玛米·卡特赖特之外最漂亮的姑娘了。

艾米丽：

但是,妈妈,你得说说关于我的事。我是不是很漂亮……足以吸引别人……对我的兴趣?

韦伯太太：

艾米丽,你想累死我吗。别说了。只要不是为了做什么歪门邪道的事,你都算够漂亮了。现在跟我过来,拿着那个碗。

艾米丽：

>哦，妈妈，你说的根本就是废话。

舞台监督：

>谢谢你们，谢谢你们！这就够了。我们不得不再次打断一下。谢谢你，韦伯太太；谢谢你，艾米丽。

韦伯太太和艾米丽离开。

>关于这个镇子，我们还想深入了解一些别的。

他来到舞台的中央。在他接下来的讲话中，灯光逐渐变暗，直到黑暗，仅留一个光斑在他身上。

>我想现在正好是时候告诉你们，卡特赖特打算在格洛佛角建一个新银行——不过没办法，人们得去佛蒙特取石材。他们问我的一个朋友，

应该把什么东西放在奠基石中,这样……一千年后……人们可以把它挖出来。当然,他们已经放了一份《纽约时报》和一份韦伯先生的《哨兵报》……我们对这件事之所以有兴趣,是因为一些搞科学的人已经发明了一种方法,可以给这些读物刷上胶水——硅酸盐胶水——这样就能保持一千到两千年了。

我们要把《圣经》放进去……还有《美国宪法》——还有一套威廉·莎士比亚的戏剧。你们怎么看,伙计们?你们有什么意见?

你知道——巴比伦曾经有两百万人口,而我们所知道的全部,只是那些国王的名字,还有几份关于小麦的契约……和奴隶交易的合同。可是,每个晚上,那些家庭都会坐下来吃晚饭,父亲会干完活回到家里,烟囱里会升起炊烟——就像这里一样。甚至在希腊和罗马,我们对那些居民的真实生活的了解，无外乎那些搜集到的打油诗和为当时剧场写的喜剧。

所以，我打算把这个剧的剧本放一份到奠基石里，千年以后的人们就会了解一些关于我们的基本情况——而不仅仅是《凡尔赛条约》和林德伯格的飞行壮举[1]之类的。

懂我的意思了吗？

所以——千年以后的人们——这就是我们生活在20世纪初纽约北部地区的方式——这就是当年我们的方式：我们就这样成长、结婚、生活和死亡。

半隐在乐池的合唱队开始演唱赞美诗《以爱相连》。西

---

[1] 1927年，美国飞行员林德伯格驾驶单引擎飞机从纽约飞到巴黎，创造了首次跨大西洋飞行的纪录。

蒙·斯蒂姆森站在前面指挥。两架梯子被推到舞台上。它们代表的是吉布斯和韦伯两家的二楼。乔治和艾米丽爬上梯子,开始做学校的功课。吉布斯医生进来,坐在厨房开始读书。

> 哦!时间过得好快。已经是晚上了。你可以听见公理会教堂里的合唱队在排练。孩子们在家里写作业。一天就这样转过去了,像一个疲惫的钟。

西蒙·斯蒂姆森:

> 现在看这里,各位。音乐来到这个世界上是为了给人快乐的。再轻柔点儿!再轻柔点儿!不要以为声音大的才是好音乐。你们不该学卫理公会的大嗓门。就算你们想比,你们也比不过的。现在再来。男高音!

乔治:

> 咻!艾米丽!

艾米丽:

> 你好。

乔治:

> 你好!

艾米丽:

> 我没法学习了。这月光太可怕了。

乔治:

> 艾米丽,你第三道题做出来了吗?

艾米丽:

> 哪一道?

乔治:

> 第三题。

艾米丽：

　　噢，是啊，乔治——这是最简单的一题。

乔治：

　　我不明白。艾米丽，能不能帮帮我？

艾米丽：

　　我就告诉你一点：答案是米。

乔治：

　　米！你什么意思？

艾米丽：

　　是平方米。

乔治：

　　哦……平方米。

艾米丽：

是的，乔治，懂了吗？

乔治：

是的。

艾米丽：

是墙纸的平方米。

乔治：

墙纸——哦，我懂了。太谢谢了，艾米丽。

艾米丽：

别客气。天哪，那月光是不是挺吓人的？合唱队还在排练——我觉得如果屏住呼吸，就能听见火车一直开到康图库克的声音。听见了吗？

乔治:

> 嗯,真的啊!

艾米丽:

> 好吧,我得回去继续写作业了。

乔治:

> 晚安,艾米丽。谢谢。

艾米丽:

> 晚安,乔治。

西蒙·斯蒂姆森:

> 在我忘记这事之前得问问:你们都有谁要去参加周二下午弗雷德·赫西的婚礼并且唱歌的?举手看看。好了,这挺好。我们还是会唱上个月在简·特罗布里奇婚礼上的那首曲子。现在我们来练《你疲了吗,倦了吗》。这是一个问

句，女士们先生们，得唱出这味道来。准备。

吉布斯医生：

哦，乔治，你能不能下来一下?

乔治：

好的，爸。

他下了楼梯。

吉布斯医生：

随便坐，乔治。我只花你一分钟。乔治，你多大了?

乔治：

我? 我十六了，快十七了。

吉布斯医生：

你念完书想干什么？

乔治：

怎么了，你知道的啊，爸。我想在卢克叔叔的农场里干农活儿。

吉布斯医生：

你到时候会愿意早上起来，给牲畜挤奶喂食吗……你能整天去锄地和备饲料吗？

乔治：

当然，我会。您这是……您这是什么意思，爸？

吉布斯医生：

好吧，乔治，今天我在办公室里，听见一声怪响……你知道是什么？是你妈妈在劈柴。你看看你妈妈——很早起来，一天都忙着生火做饭，洗衣熨衣——就这样，她还要去后院里劈柴火。我猜她是懒得求你做了。她干脆不问了，觉得还是自己做更省事。你吃她的饭，穿她为你准备得好好的衣服，你就跑出去玩棒球——就像她是我们家里的仆人，还得看我们脸色。好了，我知道只需要给你敲敲警钟。这里是手帕，儿子。乔治，我已经决定把你每周零用钱加二角五分。当然，不是因为要给你妈劈柴才涨的，因为这是你给她的礼物。加钱是因为你年纪大了——我想你会用到不少东西。

乔治：

谢谢，爸。

吉布斯医生：

让我看看——明天就是发钱的日子。你可以有指望了——嗯。也许瑞贝卡也觉得自己应该加点钱。不知道你妈妈现在怎么样了。合唱队排练从来没有这么晚过。

乔治：

现在才八点半，爸。

吉布斯医生：

我不知道她为什么要参加那个老合唱队。她的嗓子和老乌鸦差不多……这么晚了还在街上乱跑……你差不多该上床了，对吧？

乔治：

是的，爸。

乔治从楼梯爬到自己房间。舞台左边传来笑声和晚安问候声。很快，吉布斯太太、索默斯太太和韦伯太太从大街走过来。到舞台拐角处时，她们停了下来。

索默斯太太：

> 晚安，玛莎。晚安，佛斯特先生。

韦伯太太：

> 我要告诉韦伯先生。我知道他会想把这个登在报纸上的。

吉布斯太太：

> 天哪，这么晚了！

索默斯太太：

> 晚安，艾尔玛。

吉布斯太太：

> 合唱排练真不错，对吧？默特尔·韦伯！你看月亮！啧啧啧，这天气，土豆肯定有好收成。

她们沉默了一会儿，看着月亮。

索默斯太太：

> 当然，我不愿意当着别人面说一个字，但是现在就我们 —— 真的，这是镇子上最可怕的丑闻了。

吉布斯太太：

> 什么?

索默斯太太：

> 西蒙·斯蒂姆森!

吉布斯太太：

> 得了，卢埃拉!

索默斯太太：

> 可是，茱莉亚，一个教堂的风琴手怎么可以年年这样酗酒度日。你知道他今天晚上醉了。

吉布斯太太：

> 好了，卢埃拉。我们都知道斯蒂姆森先生的，我们都知道他所经历的这些麻烦。弗格森医生也知道的。假如弗格森医生让他继续干那份工作，我们其他人就应该睁一只眼闭一只眼。

索默斯太太：

> 视而不见？但情况越来越糟了。

韦伯太太：

> 没有，不是的，卢埃拉。情况是在好转的。我在合唱队里待的时间比你长一倍。这事绝对不是经常的……天哪，我真讨厌在这样的夜晚回去睡觉。我得快点了。那些孩子会一直不睡觉的。晚安，卢埃拉。

她们相互问候晚安。她急匆匆走到舞台前方，进入家里，然后消失了。

吉布斯太太：

> 你回家没事的吧，卢埃拉？

索默斯太太：

> 这和白天一样亮呢。我能看见索默斯先生正在窗边瞪着我呢，就好像我们去了什么不正经的舞会。

又是晚安道别。吉布斯太太回到家，穿过藤架，进入厨房。

吉布斯太太：

> 噢，我们过得挺开心。

吉布斯医生：

> 你今天够晚的。

吉布斯太太：

　　怎么了，弗兰克，平时也是这个时候啊。

吉布斯医生：

　　你在街角那儿和那帮老娘儿们八卦个没完了吧。

吉布斯太太：

　　别这样，弗兰克，别不高兴嘛。出来闻闻月光下的向日葵。

他们挽着手，沿着脚灯散步。

　　是不是很美？我不在的时候你都干什么了？

吉布斯医生：

　　哦，我看看书——和平时一样。你们这些女人今天晚上在嚼什么舌根呢？

吉布斯太太：

好吧，相信我，弗兰克——总有可以八卦的。

吉布斯医生：

哼！西蒙·斯蒂姆森已经没救了，对吗？

吉布斯太太：

我从没见他这么糟过。这样下去可怎么得了，弗兰克？弗格森医生不能总是原谅他啊。

吉布斯医生：

对西蒙·斯蒂姆森的那些事，我可能比镇上任何人知道的都多。一些人生来就是不适合在小镇生活的。我不知道结局会是怎样，但是我们做不了什么，只能顺其自然。来，进屋吧。

吉布斯太太：

不，不要嘛……弗兰克，我很担心你。

吉布斯医生：

你担心什么？

吉布斯太太：

我想我有责任帮你订个计划好好休息一下。假如我能得到那笔遗产，那么，我就会坚持我的计划。

吉布斯医生：

好了，茱莉亚，你怎么又来这一出了。

吉布斯太太：

弗兰克，你怎么就是不听劝。

吉布斯医生：

（走进屋内）来吧，茱莉亚，天晚了。你会很容易着凉的。今天晚上我和乔治谈了谈心。我想这段时间都会有人替你劈柴了。别弄了，上楼去。

吉布斯太太：

哦，亲爱的。看上去总有这么多东西要收拾。你知道的，弗兰克，菲尔柴尔德太太每天晚上都要锁大门。镇上那边的人都这么做。

吉布斯医生：

（把灯吹灭）他们都变得像城里人一样了，这是他们的问题。他们根本没啥东西值得偷，所有人都知道。

他们消失了。瑞贝卡爬上梯子，站在乔治旁边。

乔治：

让开，瑞贝卡，窗户这儿只能容下一个人。你总是把事情搞砸。

瑞贝卡：

来嘛，让我看一会儿。

乔治：

去你自己的窗户。

瑞贝卡：

我去了，可那儿看不到月亮……乔治，你知道我在想什么吗？我想，也许月亮变得越来越近，然后就会发生大爆炸。

乔治：

瑞贝卡，你啥都不懂。假如越来越近，那些整夜拿着望远镜的家伙就会最先发现，然后告诉我们，那样所有报纸上都会登出来。

瑞贝卡：

乔治，月亮也会照耀在南美洲、加拿大和全世界一半的地方吗?

乔治：

呃——很可能会。

舞台监督溜达过来。停顿。能听见蟋蟀的叫声。

舞台监督：

九点半。大部分灯都熄了。不，沃伦警长还在大街上几户人家门口检查。韦伯编辑走了过来，他已经把报纸排好版了。

沃伦先生是一位老警察，顺着大街的右边走过来，韦伯先生走在左边。

韦伯先生：

晚上好，比尔。

沃伦警长：

晚上好，韦伯先生。

韦伯先生：

月亮很大啊！

沃伦警长：

是的。

韦伯先生：

晚上没啥情况吧？

沃伦警长：

西蒙·斯蒂姆森还在晃荡呢。刚看见他老婆出来找他，所以我从这边也找找看 —— 他在那儿呢。

西蒙·斯蒂姆森从大街左边走过来，步伐不是很稳。

韦伯先生：

> 晚上好，西蒙……整个小镇好像已经都进入梦乡了……

西蒙·斯蒂姆森朝他走过来，停了一会儿，然后瞪着他，身子在摇摆。

> 晚上好……是的，镇上大部分人都上床睡觉了，西蒙……我觉得我们最好也去睡吧。我可以陪你走一会儿吗？

西蒙·斯蒂姆森一言未发，继续走路，从右边没了影。

> 晚安。

沃伦警长：

> 我不知道这样下去怎么是好，韦伯先生。

韦伯先生：

唉，他经历了挺多坎坷，一桩接着一桩……哦，比尔……如果你看见我儿子抽烟，要警告他，好吗？他很听你的，比尔。

沃伦警长：

我觉得他没抽烟，韦伯先生。了不起一年抽个两三根。

韦伯先生：

嗯……我希望他没有。好的，晚安，比尔。

沃伦警长：

晚安，韦伯先生。

退出。

韦伯先生：

谁在那儿?是你吗,默特尔?

艾米丽：

不,是我,爸爸。

韦伯先生：

你怎么不在床上?

艾米丽：

我不知道。我就是睡不着,爸爸。月色实在是太美了。还有吉布斯太太的向日葵的香味。你能闻到吗?

韦伯先生：

嗯,是的。你没什么心事吧,艾米丽?

艾米丽：

> 心事，爸爸？没有。

韦伯先生：

> 嗯，好好待着，但别让你妈妈逮住了。晚安，艾米丽。

艾米丽：

> 晚安，爸爸。

韦伯先生走进屋里，吹着《以爱相连》，然后消失了。

瑞贝卡：

> 我还没和你说呢，简·克罗夫特生病时收到了她牧师的一封信。他给简写了封信，在信封上地址是这样的：简·克罗夫特，克罗夫特庄园，格洛佛角，萨顿县，新罕布什尔州，美利坚合众国。

乔治：

这有什么好奇怪的?

瑞贝卡：

听着,这还没完呢:美利坚合众国,北美洲大陆,西半球;地球,太阳系,宇宙;上帝的心灵——信封上就是这么写的。

乔治：

真的啊!

瑞贝卡：

邮差也照样送到了。

乔治：

真的啊!

舞台监督：

> 这是第一幕的结尾，朋友们。吸烟的人，你们可以出去抽两口。

——幕落——

第
二
幕

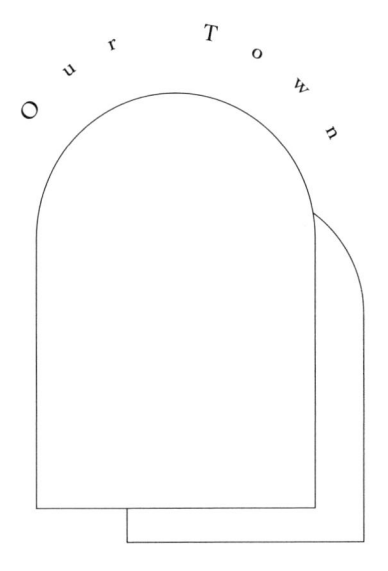

●

Our Town

两个厨房的桌椅还留在舞台上。

梯子和小板凳已经被拿走了。

舞台监督在他习惯的位置上看着观众返场。

舞台监督：

> 三年过去了。是的，太阳已经升起了一千多次。夏天和冬天已经让山峦又开裂了一点点，而雨水则冲走了一些泥土。一些之前还没出世的婴儿已经开始能说出整句的话了。很多曾自诩年轻敏捷的人，如今发现自己已不能像从前那样面不改色地上楼了。所有这些，都是在一千天里发生的。

> 大自然也在以别的方式彰显造化：很多年轻人恋爱了，结婚了。是的，山峦减损了几毫米；几百万加仑的水流过了磨坊；屋檐下一些新的家庭组建了起来。世界上几乎所有人都要结婚——你知道我的意思吗？在我们镇上，几乎

没有任何例外。世界上大部分人在入土时都已结了婚。

第一幕叫作"日常生活"。这一幕叫"爱情与婚姻"。之后还有一幕:我想你们能猜到那是关于什么。

所以——现在是三年之后,1904年。7月7日,高中毕业典礼刚刚结束。这是大部分年轻人欢呼雀跃去结婚的时候。他们刚一考完最后的"立体几何"和"西塞罗的讲演",似乎就觉得自己到了该结婚的时候。

现在是一大早。只有这时会下雨。大雨瓢泼,电闪雷鸣。吉布斯太太和韦伯太太的花园都湿透了。所有那些豆架和豌豆藤都湿透了。昨天在大街上,那雨就像被风吹开的帘子。嗯,随时都有可能下这样的雨。听!你能听见5点45

分开往波士顿的火车。

吉布斯太太和韦伯太太走进厨房,像第一幕中那样开始了一天的生活。

吉布斯太太和韦伯太太下来做早饭了,仿佛这又是普通的一天。不用说,女性观众们都知道,她们眼前的这两个女士一天要做三顿饭——一个要做二十年,另一个四十年——没有暑假休息。她们各自带大了两个孩子,洗衣服,打扫房间——从来没有精神崩溃过。

这就像某个中西部的诗人说过的:你必须热爱生活才能拥有生活,你必须拥有生活才能热爱生活……他们管这个叫恶性循环。

豪伊·纽萨姆:

(舞台外的左方)起来,贝西!

舞台监督：

> 过来的是豪伊·纽萨姆，送牛奶的。还有斯·克罗威尔在送报纸，就像他哥哥当年那样。

斯·克罗威尔上台，将想象中的报纸扔到门口；豪伊·纽萨姆牵着贝西，沿大街走过来。

斯·克罗威尔：

> 早上好，豪伊。

豪伊·纽萨姆：

> 早上好，斯。报纸上有什么我感兴趣的新闻？

斯·克罗威尔：

> 没什么，不过有个新闻，格洛佛角最好的棒球投手乔治·吉布斯要离开我们了。

豪伊·纽萨姆：

我也觉得他很棒。

斯·克罗威尔：

他可以投球，还能跑垒呢。

豪伊·纽萨姆：

是啊，非常出色的球员。唉！贝西！我停下来聊聊咋就不行了？

斯·克罗威尔：

我搞不懂为什么他因为结婚就要放弃打球。你会吗，豪伊？

豪伊·纽萨姆：

不知道，斯。我从没有那方面的天赋。

沃伦警长进来。他们相互问候早安。

你起得很早啊,比尔。

沃伦警长:

看看能不能找个法子预防一下洪水。河水一晚上都在涨。

豪伊·纽萨姆:

斯·克罗威尔搞不懂乔治·吉布斯为什么要从棒球队退出来。

沃伦警长:

是的,先生,就是这样的。在1984年我们有过一个球员,斯——甚至连乔治·吉布斯都比不了——名字叫汉克·托德。他去了缅因,成了一个牧师。很棒的球员。豪伊,你觉得天气怎么样?

豪伊·纽萨姆：

哦，不太糟。我觉得可能会晴了。

沃伦警长和斯·克罗威尔继续走路。豪伊·纽萨姆先把牛奶送到吉布斯太太家。她在藤架前迎他。

吉布斯太太：

早上好，豪伊。你觉得还会下雨吗？

豪伊·纽萨姆：

早上好，吉布斯太太。雨下得很大，我想可能会放晴了。

吉布斯太太：

当然希望会这样。

豪伊·纽萨姆：

你今天想要多少？

吉布斯太太：

> 我今天要来一屋子亲戚呢,豪伊。我想,得要三瓶牛奶和两瓶乳酪。

豪伊·纽萨姆：

> 我老婆让我告诉你,希望他们过得幸福美满,吉布斯太太。我知道他们会的。

吉布斯太太：

> 太谢谢了,豪伊。告诉你老婆,我希望她能来参加婚礼。

豪伊·纽萨姆：

> 好的,她会来的。只要能来,她一定会来的。

豪伊·纽萨姆走到韦伯太太的家那边。

> 早上好,韦伯太太。

韦伯太太：

> 哦，早上好，纽萨姆先生。我告诉你要四夸脱牛奶，但我希望你还能再多给我一夸脱。

豪伊·纽萨姆：

> 好的，还有两个乳酪。

韦伯太太：

> 还会下雨吗，纽萨姆先生？

豪伊·纽萨姆：

> 哦，刚刚还和吉布斯太太说这个呢，我觉得可能要放晴。我太太让我告诉你们，我们希望他们会幸福美满，韦伯太太。他们肯定会的。

韦伯太太：

> 谢谢你，谢谢纽萨姆太太，我们盼着能在婚礼上见到你们呢。

豪伊·纽萨姆：

> 是的，韦伯太太。我们希望能来。这可不能错过。走吧，贝西。

豪伊·纽萨姆退场。吉布斯医生放下衬衣袖子，坐在早餐桌子旁边。

吉布斯医生：

> 唉，孩子他妈，这天终于到了。你将失去你的一只小鸡崽了。

吉布斯太太：

> 弗兰克·吉布斯，你少说这样的话。我时时刻刻都想哭。坐下来喝你的咖啡。

吉布斯医生：

> 新郎正在上面刮胡子呢 —— 不过倒也没多少胡子可刮。他吹着口哨，唱着歌，似乎很高兴

要离开我们——他不时还会对着镜子说"我愿意",但在我看来,可没什么说服力。

吉布斯太太:

天哪,弗兰克,我真不知道他将来会过得怎么样。我一直都给他把衣服摆好,看着他把暖和的衣裳穿上身——弗兰克!他们还太年轻。艾米丽不会想到这些事的。他要不了一个星期就会感冒。

吉布斯医生:

我在想我结婚的那个早晨,茱莉亚。

吉布斯太太:

你别提这茬儿,弗兰克·吉布斯。

吉布斯医生:

我那天是新罕布什尔州最胆小的年轻人。我觉得自己肯定会搞砸。当我看见你从过道走来时，我觉得你是我见过的最美的女孩。可问题是，在那之前我从没见过你。我就在公理会教堂和一个完全陌生的人结婚了。

吉布斯太太：

你知道我当时是什么感觉吗！弗兰克，婚礼真是可怕至极。闹剧！它们就是这种玩意儿！

她把一个碟子放在他面前。

来，给你准备了点儿吃的。

吉布斯医生：

哎哟，茱莉亚·赫西——法式烤面包！

吉布斯太太：

这也不难做，反正我得做点儿什么。

停顿。吉布斯医生倒了果汁。

吉布斯医生：

你昨晚睡得如何，茱莉亚？

吉布斯太太：

嗯，我一直听着时钟的声音呢。

吉布斯医生：

是啊！每次我想到乔治要开始成为一家之主了，我就会很受不了——就那个瘦麻秆一样的小家伙！我告诉你，茱莉亚，这个世界上没有什么比儿子更让人吃惊的了。父子关系是最糟糕、最别扭的——

吉布斯太太：

好吧，让我告诉你，母女之间也没那么简单。

吉布斯医生:

他们会有很多麻烦,我猜,但这不关我们的事了。每个人都有权来面对自己的问题。

吉布斯太太:

(坐在桌边,喝着咖啡,似有所思)是的,人就是注定要结伴度过一生。孤身一人总是不合常情的。

停顿。吉布斯医生开始笑。

吉布斯医生:

茱莉亚,你知道我和你结婚时,有一件害怕的事儿是什么吗?

吉布斯太太:

哦,你说吧!

吉布斯医生：

> 我害怕我们之间会过几个星期就没话说了。

都笑了起来。

> 我害怕我们会没话讲，然后静静地吃着饭。我确实这样怕过。唉，你和我已经在一起说了二十年话了，从不愁没话聊。

吉布斯太太：

> 嗯——好天气，坏天气——也不是光讲这个，但我总会找到一些说的。

她走到楼梯下。

> 你听见瑞贝卡在楼上折腾了吗？

吉布斯医生：

  没。一年也就这么一天瑞贝卡没在上面管别人闲事。她躲在自己房间里呢。我觉得她是在哭鼻子。

吉布斯太太：

  天哪！可别这样。瑞贝卡！瑞贝卡！快来吃早饭。

乔治咚咚咚地走下楼，动作敏捷。

乔治：

  早上好，各位。只剩下五个小时可以活了。

做出割喉咙的手势，并大声说"咔—嚓"，然后走出藤架。

吉布斯太太：

乔治·吉布斯，你要去哪儿？

乔治：

穿过草坪去看看我媳妇儿。

吉布斯太太：

站住，乔治！你给我穿上套鞋。在下大雨，你不穿好，不准给我走出这个家。

乔治：

啊，妈，就几步路！

吉布斯太太：

乔治！你会感冒的，然后整个仪式上你都会咳嗽。

吉布斯医生：

乔治，照你妈说的做。

吉布斯医生上楼。乔治不情愿地回到厨房，做出穿套鞋的动作。

吉布斯太太：

从明天开始，你就可以爱咋的咋的了，但是只要你还住在我家，你就得老老实实，谢谢——也许韦伯太太还不习惯早上七点就有人去敲门。来，先喝一杯咖啡。

乔治：

一分钟就回来。

他穿过舞台，跃过水坑。

早上好，韦伯伯母。

韦伯太太：

> 天哪！你吓了我一跳！听着，乔治，你可以进来避避雨，但是我不会让你待在这里。

乔治：

> 为什么——

韦伯太太：

> 乔治，你和我一样清楚：在结婚当天，新郎是不可以提前见到新娘的，要等去了教堂才行。

乔治：

> 噢！这就是迷信。早上好，韦伯先生。

韦伯先生进来。

韦伯先生：

> 早上好，乔治。

乔治：

　　韦伯先生，你不相信这种迷信的，对吧？

韦伯先生：

　　有些迷信里是有很多常识的，乔治。

他坐在桌旁，脸冲着右边。

韦伯太太：

　　无数人都照着做了，乔治。你不想做第一个破坏习俗的人吧。

乔治：

　　艾米丽怎么样？

韦伯太太：

　　她还没醒呢。我还没听见她有什么动静。

乔治：

> 艾米丽还在睡！！！

韦伯太太：

> 不奇怪啊！我们睡得很晚，一直忙着针线活和收拾东西。现在我告诉你我要做什么。你在这里和韦伯先生坐一分钟，喝完这杯咖啡；我上楼去看看，让她别下来吓唬你。还有一些熏肉；但别待太久。

韦伯太太退场。一阵沉默，气氛不太自在。韦伯先生将油炸面包圈蘸到咖啡里。更久的沉默。

韦伯先生：

> （突然大声地说）乔治，你感觉怎么样？

乔治：

> （吓了一跳，差点被咖啡呛着）哦，很好，我

很好。

停顿。

韦伯先生,那种迷信会有什么道理?

韦伯先生:

嗯,你看——在女孩结婚的那天早上,她脑子里容易装满了……衣服啊,或这个那个的。你不觉得很可能是这样吗?

乔治:

是的。我没想到这个。

韦伯先生:

女孩在她大喜的日子里容易变得有点紧张。

停顿。

乔治：

我希望男人结婚时不必那样兴师动众。

韦伯先生：

每个男人都是这么想的，乔治，但这没啥用。婚礼是女人捣腾出来的，我的孩子。有段时间婚礼就是女人说了算。男人在婚礼上看上去没啥大用处，乔治。所有那些女人都团结在一起，确保婚礼一定要隆重、气派。

乔治：

可是……你是相信这个仪式的，对吧，韦伯先生？

韦伯先生：

（赶紧说）哦，是的；当然。你别误会我的意思，我的孩子。婚姻是一件美好的事情——很美好。你别忘记这点，乔治。

乔治：

不会的，先生。韦伯先生，你结婚时多大？

韦伯先生：

呃，你看看：我念了大学，花了些时间才安定下来。但是韦伯太太——她年龄和艾米丽差不多。哦，这个和年龄没什么关系，乔治，不能和……其他的事情……相提并论。

乔治：

你要说什么，韦伯先生？

韦伯先生：

哦，我不知道——我要说什么吗？

停顿。

乔治，我在想自己结婚时，爸爸有天晚上给我的忠告。查尔斯，他说，查尔斯，要早点在家里做主，他说。最好的办法就是发号施令，哪怕这没啥道理；这样她才会学着听话。他还说，假如你太太有什么让你不舒服的——她的说话方式或别的什么——你就起身走出家门。这就会让她清楚，他说。哦，是的！他还说，绝对不能让你太太知道你有多少钱，绝不能。

乔治：

哦，韦伯先生……我想我不能……

韦伯先生：

所以我完全没听我父亲的建议，然后我一直挺幸福的。你要记住这个教训，乔治，永远不要在个人问题上让别人给你支着儿。乔治，你要在农场里养鸡吗？

乔治:

什么?

韦伯先生:

你要在农场里养鸡吗?

乔治:

卢克叔叔对这个从来没啥兴趣,不过我想——

韦伯先生:

那天我办公室搁了本书,乔治,它讲的是鸡禽饲养的斐洛系统。我想让你读一读。我想在后院里先小规模地搞一个,我打算在地窖里放一个孵化器——

韦伯太太进来。

韦伯太太：

查尔斯，你又在讲你那个老掉牙的孵化器了？我还以为你们会讲点有价值的东西。

韦伯先生：

（生气地）好，默特尔，假如你想给这个男孩子一些好建议，那我就上楼去，让你和他单独谈。

韦伯太太：

（把乔治拽起来）乔治，艾米丽要下楼吃早饭了。她让我告诉你她爱你，但是她不想看到你。再见。

乔治：

再见。

乔治穿过舞台回到自己家里，一脸困惑，垂头丧气。他慢慢地躲过一摊水，走进屋里，消失了。

韦伯先生：

默特尔，我猜你并不知道一个更古老的迷信。

韦伯太太：

什么意思，查尔斯？

韦伯先生：

从山洞原始人开始的：新郎不应该在结婚那天或之前几天看见自己的岳父。现在你要记好了。

两人离开舞台。

舞台监督：

非常感谢，韦伯先生、韦伯太太。现在我不得不再次打断你们。你看，我们想知道这一切是如何开始的——这个婚礼，这个共度一生的计划。我非常感兴趣的是，这么重要的事情是如何开始的。

你们知道是怎么回事吗：你二十一二岁时做了一些决定，然后嗖的一下，你就七十岁了！你当了五十年律师，你旁边的那个白发老妪和你共同吃了五万多顿饭。

这样的事情是如何开始的呢？

乔治和艾米丽现在就要向你们展示一段对话，那是他们第一次知道……知道……就像俗语说的……他们"郎有情，妾有意"。

但是在他们演之前，我想让你们试着回忆一下自己青春年少时的样子。

尤其是你们第一次坠入爱河时的情形；当你们像一个梦游者，完全看不清身处的街道，也听不到别人对你说的话。

你们变得有一点点疯狂。你们能回忆一下吗？

现在，他们在下午三点从高中出来。乔治刚刚被选为高二年级班长，因为是6月份了，所以这意味着他会在第二年成为高三年级的班长了。艾米丽刚刚被选为秘书兼会计。

不用我说，你们都知道这有多重要。

    他从吉布斯家的桌子旁拿来两把椅子，然后把一块木板放在上面。他从侧面取来两个高脚凳，放在板子后面。坐在凳子上的人将面对观众。这就是摩根先生的杂货店柜台。左边远处能听见年轻人的说话声。

好了——他们现在正从大街上走过来呢。

    艾米丽拿着一摞（想象中的）课本，从左边沿着大街过来。

艾米丽：

> 不行，路易。我得回家。再见。哦，欧内斯廷！欧内斯廷！你今天晚上能过来做拉丁语作业吗？那个什么西塞罗真是太可怕了！告诉你妈妈你必须来。再见。再见，海伦。再见，弗雷德。

乔治也拿着书，追了上来。

乔治：

> 我能帮你把书拿回家吗，艾米丽？

艾米丽：

> （冷冷的）怎么了……呃……谢谢你。这又不远。

她把书给他。

乔治：

> 等我一分钟，艾米丽。嘿，鲍勃，假如我晚了一会儿，你们就尽管开始训练。让赫伯练练长高球。

艾米丽：

> 再见，莉兹。

乔治：

> 再见，莉兹。我很高兴你也当选了，艾米丽。

他们站在大街上，几乎是靠着后面的墙。他们朝着观众走了几步，然后乔治停下来说。

> 艾米丽，为什么你要生我气？

艾米丽：

> 我没有生你气。

乔治：

> 你最近对我都怪怪的。

艾米丽：

> 好吧，既然你问我，那我最好就直说了，乔治——

她看见一个老师路过。

> 再见，科克伦小姐。

乔治：

> 再见，科克伦小姐。咋了——到底怎么了？

艾米丽：

> （并不是责怪的样子，但欲言又止）我不喜欢去年以来你整个人的变化。假如这伤害了你的感情，我很抱歉，但是我必须——对你实话

实说。

乔治：

变化？你这是什么意思？

艾米丽：

好吧，一年以前我曾经很喜欢你。我曾经看着你做每一件事情……因为我们都是这么久的朋友了……然后你就开始把全部时间都花在棒球上……你再也不会停下来和任何人说话，甚至对你的家人你也不怎么搭理……乔治，这是事实，你变得非常自大傲慢，所有女孩都这么说。她们也许不会当你的面这么说，但是她们在背后就是这么谈论你的。听她们这么说你，让我很难受，但是我也赞同她们的一些话。如果这伤害你的感情了，我很抱歉……但是我说这话不后悔。

乔治：

> 我……我很高兴你说这番话，艾米丽。我从来没想到这样的事会发生在我身上。我猜一个人的性格难免会有一些缺点。

他们沉默地走了几步，然后静静地站在那里，都很难受。

艾米丽：

> 我总是希望一个人能完美，我觉得人能做到。

乔治：

> 哦……我觉得人不可能完美，艾米丽。

艾米丽：

> 可是，我父亲就是的，据我所知，你父亲也是的。你没有理由不成为这样的人。

乔治：

> 我觉得正好相反。男人并不是生来就是好人；不过女人是。

艾米丽：

> 好吧，你现在可能也知道了，其实我并不完美。女人和男人一样，都很难做到完美，因为我们女生更加——更加——喜欢紧张。现在我很抱歉说了那些关于你的话。我不知道是什么让我说这些的。

乔治：

> 艾米丽——

艾米丽：

> 现在我懂了，这些都不是事实。我突然觉得，这根本也不重要。

乔治：

艾米丽……你想不想在回家之前吃个冰激凌苏打什么的?

艾米丽：

嗯，谢谢你……那好吧。

他们朝着观众走过来，突然右拐一下，打开了摩根杂货店的门。情绪激动的艾米丽一直低着头。乔治对某个路人说话。

乔治：

你好，斯图，你怎么样？下午好，斯洛克姆太太。

舞台监督戴着眼镜，扮演着摩根先生的角色。他突然从右边进来，站在观众和他的冷饮柜台中间。

舞台监督：

你好，乔治。你好，艾米丽——你们要点儿什么？怎么了，艾米丽·韦伯——你怎么哭了？

乔治：

（想办法搪塞过去）她……她刚刚被吓着了，摩根先生。她差一点被五金店马车给轧着。大家都说，汤姆·哈金斯驾车时就像个疯子。

舞台监督：

（取来一杯水）好的，听着！你喝一杯水，艾米丽。你看起来完全吓傻了。我告诉你，现如今过大街时，一定要左右都瞅好了。情况一年比一年糟。你要点什么？

艾米丽：

我要一杯草莓汽水，谢谢你，摩根先生。

乔治：

> 别，别，艾米丽。给我来一份冰激凌苏打。两份草莓冰激凌苏打，摩根先生。

舞台监督：

> （在龙头前忙活）两份草莓冰激凌苏打，好的，先生。好的，先生。在我和你说话的这会儿，格洛佛角有125匹马。州监察长昨天来这里了。而现在，他们又弄来了汽车，最好的办法就是待在家里。唉，我还能记得当年狗可以在大街中央睡上一整天，没有谁会来打扰它。

他把想象中的杯子放在他们面前。

> 好了，慢慢喝。

他看见右边的一个顾客。

哎哟，艾里斯夫人。你想要什么?

他从右边走出舞台。

艾米丽：

好贵啊。

乔治：

不，不——别这么想。我们在庆祝竞选成功呢。你知道我还要庆祝什么吗?

艾米丽：

不。

乔治：

我要庆祝我拥有一个朋友，她告诉我所有应该告诉我的事情。

艾米丽：

乔治，请别那么想。我不知道为什么要说这些。说的都不对。你是——

乔治：

不，艾米丽，你就要这么说。我很高兴你这样和我说话。但你会看到的：我很快就会有改变——你信我吧，我很快就会改。而且，艾米丽，我想让你帮我一个忙。

艾米丽：

什么?

乔治：

艾米丽，如果我明年出去到州立农大念书，你能不时给我写信吗?

艾米丽：

我当然会。我当然会，乔治……

停顿。他们开始用吸管吸苏打水。

当你离开这里三年，你可能会和很多东西疏远。也许过了一段时间，从格洛佛角写来的信就不那么有趣了。当你想到整个新罕布什尔州时，格洛佛角就不那么重要了；但我觉得这个镇子还是挺好的。

乔治：

不会有那么一天的，我会一直挂念这里发生的每一件事。我知道我会的，艾米丽。

艾米丽：

好吧，我会尽量把信写得有趣一些。

停顿。

乔治:

> 你知道吗,艾米丽,每次我碰见一个农民,我都会问他,要想种好地,去农业学校是不是真的很重要。

艾米丽:

> 怎么了,乔治——

乔治:

> 是的,有些人说这就是浪费时间。不管怎样,这些东西你都可以从政府发的小册子上学到。而且卢克叔叔也老了——如果我能够明天就去接手他的农场,他也会乐意的。

艾米丽:

> 天哪!

乔治：

> 而且，就像你说的，离开这么久……去别的地方，认识别的人……天哪，如果会出现那样的情况，我宁愿不离开。我猜新朋友不如老朋友好。我相信他们根本比不上。艾米丽……我觉得你就是我能得到的最好的朋友。我不需要再去别的地方认识别的人了。

艾米丽：

> 但是，乔治，也许出去学习一下——辨析牲畜和土壤之类的——很重要……当然，我不懂这个。

乔治：

> （停了一会儿，非常严肃）艾米丽，我现在就要做决定了。我不去了。我今晚就和我爸说。

艾米丽：

> 为什么，乔治，我搞不懂为什么你要现在决定。还有一年时间呢。

乔治：

> 艾米丽，我很高兴你和我谈那件事……谈我性格的缺点。你说的是对的，但你有一件事弄错了。你说我有一年的时间眼里根本没有别人，还包括……譬如，你。唉，你说你曾经注视着我做的每一件事……我其实也在对你做同样的事。当然了——我总是把你当成我心里最重要的人。我总是想知道你是不是坐在露天看台上，想知道你和谁在一起。这三天来，我总是想和你一起回家，但总是会有些干扰。昨天我就靠墙站着等你，可你是和科克伦小姐一起回家的。

艾米丽：

> 乔治！……生活太捉弄人了！我怎么知道这

些?唉,我还以为——

乔治:

听着,艾米丽,我要告诉你为什么我不去农业学校。我认为,一旦你找到一个非常喜欢的人……我的意思是这个人也喜欢你,喜欢你足够深,对你的性格也在意……我觉得这和大学一样重要,甚至更重要。我就是这么想的。

艾米丽:

我也觉得这个很重要。

乔治:

艾米丽。

艾米丽:

怎么了,乔治?

乔治：

　　　　艾米丽，假如我真的改了，做了重大改变……
　　　　你会不会……我的意思是……你能不能……

艾米丽：

　　　　我……我现在就是啊；我一直会的。

乔治：

　　　　(停顿)所以我想，这是我俩一次重要的谈话。

艾米丽：

　　　　是啊……是的。

乔治：

　　　　(深吸了一口气，挺直了腰)等一会儿，我陪你
　　　　走回去。

　　他在口袋里找钱，神情越发紧张。舞台监督从右边进入

舞台。乔治非常尴尬,但还是直接对他说。

> 摩根先生,我得回家拿钱来付账。我一会儿就能回来。

舞台监督:

> (假装生气)什么?乔治·吉布斯,你打算告诉我——

乔治:

> 是的。但是我有理由的,摩根先生——你看,在我拿钱回来之前,你可以拿着我的金表。

舞台监督:

> 没事的。留着你的表吧。我信任你。

乔治:

> 我五分钟就回来。

舞台监督：

> 我会信任你十年的，乔治——每天都会的。已经缓过来了吧，艾米丽？

艾米丽：

> 是的，谢谢，摩根先生。没事了。

乔治：

> （拿起柜台上的书）我准备好了。

他们非常沉默地穿过舞台，穿过韦伯家后门的藤架，然后消失了。舞台监督看着他们出去，然后转向观众，拿掉自己的眼镜。

舞台监督：

> 好了——

他拍拍手掌做信号。

现在我们准备好继续演婚礼了。

他站在那里，等待人们摆好下一个场景。舞台工作人员把椅子、桌子和藤架从吉布斯和韦伯家里挪走。他们在舞台中央摆好教堂的靠背长椅。会众将面向后墙坐。教堂的过道从后墙中间开始，一直伸向观众。靠着后墙摆了一个小讲台，舞台监督过会儿就站在上面，扮演牧师的角色。一个彩色玻璃窗的画面从灯笼幻灯机中投射到后墙上。当一切就绪，舞台监督慢慢走到舞台中央，站在前方，思绪重重地对着观众讲话。

关于婚礼，有很多东西可以说；在婚礼期间，人们也思绪万千。

当然，我们不能在一场婚礼中把这些都搁进来，尤其是一场格洛佛角的婚礼，这里的婚礼极其平淡而短暂。

在这个婚礼上我扮演牧师。这样我就有权就婚礼多唠叨几句。

在接下来的一段时间,这个剧会变得很严肃。

你看,一些教堂说婚姻是圣礼,我不太清楚这是什么意思,但是我可以猜猜。就像刚才吉布斯太太说的:人生来就应该结伴生活。

这是一个很好的婚礼,但这么多人坐在一起,就算婚礼是好的,人们脑海里也难免会有很多困惑。我们觉得,在这个剧里也应该表现出这一点。

这个场景的真正主角并不在舞台上,而你们也知道我说的是谁。就像一个欧洲人曾经说的:对每一个降临到世界上的孩子,老天都希望能让它完美。我们现在已经看到了一些自然里的沧桑变化。我们都知道自然界对数量感兴趣,但我认为,其实它对质量也感兴趣——这就是为什么我要从事神职的原因。

别忘记婚礼的其他见证者——那些祖先。几百万的先祖。他们中大部分也都是两人结伴开始生活的。几百万的先祖。

好了,这就是我全部的布道词。我说得不算太久吧。

管风琴开始演奏亨德尔的《广板》。会众纷纷进入教堂,安静地坐下。教堂敲响钟声。吉布斯太太坐在前排,右边靠过道的第一个位置。挨着她的是瑞贝卡和吉布斯医生。在过道对面是韦伯太太、沃利和韦伯先生。一个小合唱队各就各位,站在彩色玻璃窗下,面朝观众。韦伯太太在走到她的座位时,转身向观众说话。

韦伯太太：

> 我不知道我究竟为什么要哭。我想其实没什么好哭的。今天早上吃早饭时我就开始难受了；艾米丽吃着早饭，就像她十七年来的老样子。可现在，她要离开家，去别人家里吃早饭了。我猜就是这让我难受的。艾米丽啊！她突然说"我一口也吃不下了"，然后就把头趴在桌子上，哭了。

她朝着自己在教堂的座位走去，但又转过身加了几句。

> 哦，我还是得说这话：你知道吗，就这样送自己的闺女嫁人，这事实在是有些残酷。我希望她的女伴们已经告诉了她一些事。这很残忍，我知道，但是我自己却没法说什么。我自己可是两眼一抹黑就嫁了。

半开玩笑地生气道。

整个世界都有问题,就是这么一回事。他们来了。

她赶快坐到自己的座位上。乔治开始从剧院右边的观众席过道走过来。突然,他棒球队的三个队友出现在舞台右边的柱子旁,开始吹着口哨,对他发出嘘声。他们穿着要去球场的衣服。

棒球队球员:

喂,乔治,乔治!你——好!看看他,兄弟们——他怕得要死。喂!乔治,别搞出那一副单纯的样子嘛,你这个老怪物。我们都知道你在想什么。别给我们队丢脸啊,大男孩儿。哈哈哈哈哈。

舞台监督:

好了!好了!够了。已经够了。

他微笑着把他们从舞台上推开。他们回头又发出几声嘘声。

> 在过去的婚礼上,这样的事情是经常有的——罗马,以及后来。我们现在更文明了——就像他们说的。

合唱队开始演唱《美好而深深的爱》。乔治已经到了舞台。他看着到场的会众,然后往后朝着舞台右边柱子撤了几步:他母亲在前排似乎感到了他的困惑。她离开座位,从过道向他快速走来。

吉布斯太太:

乔治!乔治!怎么回事?

乔治:

妈,我不想长大。为什么所有人都要这样逼我?

吉布斯太太：

怎么了，乔治……你自己想要的啊。

乔治：

不，妈，听我说——

吉布斯太太：

不，不，乔治——你现在是一个男人了。

乔治：

听着，妈——我最后一次问你……我只想做一个大男孩儿——

吉布斯太太：

乔治！小心别人听见你这话！现在你别说了。唉，我真是为你害臊！

乔治：

(回过神来，看着舞台场景)什么？艾米丽在哪儿？

吉布斯太太：

(如释重负)乔治！你变得倒是快。

乔治：

高兴点儿，妈。我要结婚了。

吉布斯太太：

让我再喘口气。

乔治：

(安慰地)听着，妈，你要把周四晚上留出来。艾米丽和我会每个周四晚上回家吃饭……你看着吧。妈，你在哭什么？来，我们得做好准备了。

吉布斯太太控制住自己的感情，整理好他的领结，对他耳语了几句。在此期间，艾米丽穿着白衣服，戴着结婚面纱，从观众席中穿过，登上舞台。看见教堂里的众人，她也因为害怕而后退了。合唱队开始唱《以爱相连》。

艾米丽：

> 我这辈子从来没有感到如此孤独。乔治在那边，看上去那么……！我恨他。我希望我是死人。爸爸！爸爸！

韦伯先生：

> （离开长凳上的座位，焦急地向她走来）艾米丽！艾米丽！现在别这么难受……

艾米丽：

> 可是，爸爸——我不想结婚……

韦伯先生：

嘘——嘘——艾米丽。一切都会好的。

艾米丽：

我为什么不能就像现在这样，待在家里？我们别在这儿了——

韦伯先生：

别，别，艾米丽。停下来好好想想。

艾米丽：

你不记得曾经说过吗——你过去总是那么说——总是的。你说我是你的丫头！我们可以去很多地方。我会给你打工，我还会料理家务。

韦伯先生：

嘘——千万别想这些。你就是太紧张了，艾米丽。（转过身大喊）乔治！乔治！你能过来一下吗?(领着艾米丽走向乔治)你要嫁的可是世界上最棒的小伙子。乔治这孩子很好。

艾米丽:

可是,爸爸——

吉布斯太太悄悄地回到自己的座位。韦伯先生一只胳膊抱着女儿。他将手放在乔治的肩膀上。

韦伯先生:

我要把我女儿送出去了,乔治。你认为自己可以照顾好她吗?

乔治:

韦伯先生,我愿意……愿意努力的。艾米丽,我会努力做到最好。我爱你,艾米丽。我需要你。

艾米丽：

> 嗯，如果你爱我，那就帮帮我。我所需要的，就是有人爱我。

乔治：

> 我会的，艾米丽。艾米丽，我会努力的。

艾米丽：

> 我指的是永远。你听见了吗？永远永远。

他们拥抱在一起。歌剧《罗恩格林》中的《婚礼进行曲》响起。舞台监督扮演牧师，站在舞台中后方的箱子上。

韦伯先生：

> 来，他们在等我们呢。现在你会明白这其实没什么。来，快点。

乔治离开，去到舞台监督（牧师）旁边的位置上。艾米丽在父亲的搀扶下从过道走过。

舞台监督：

> 乔治，你愿意娶这个女人，艾米丽，作为你的合法妻子，并……

索默斯太太坐在观众席的最后一排。她现在转向她的邻座，尖声地说话。她的说话声淹没了牧师之后讲的话。

索默斯太太：

> 多么美妙的婚礼！我见过的最温馨的婚礼了。哦，我和大伙一样，喜欢好的婚礼。她是一位多么漂亮的新娘啊！

乔治：

> 我愿意。

舞台监督：

> 艾米丽，你愿意接受这个男人，乔治，作为你的合法丈夫——

他后面的话再一次被索默斯太太的话盖过去了。

索默斯太太：

> 我从没看过这么温馨的婚礼，但我总是会哭。不知道怎么搞的，但我总是会哭。我就想看着年轻人幸福。哦，我觉得这太美了。

戒指。接吻。舞台突然变成了一幅悄然凝固的场景。舞台监督注视着远方，仿佛在自言自语。

舞台监督：

> 我一生中曾经给两百多对儿新人主持结婚仪式。我真的相信这套吗？我不知道。甲……与乙结为夫妇……几百万对儿这样的。农舍，婴儿

车，驾着福特在礼拜日下午出行，第一次风湿，祖孙，第二次风湿，临终时刻，宣读遗嘱——

他现在第一次看着观众，脸上带着亲切的笑容，这让他的下一句台词丝毫没有玩世不恭的感觉。

> 这些在一千次当中会有一次是有趣的。好了，让我们开始门德尔松的《婚礼进行曲》！

风琴开始演奏。新娘和新郎从过道走出来，表情激动，但努力表现得很庄重。

索默斯太太：

> 他们是多好的一对儿啊！哦，我从来没见过这么好的婚礼。我确信他们一定会幸福的。我总是说：幸福。这是一个伟大的东西！重要的就是要幸福。

新娘和新郎到达通往观众的台阶。一束亮光投射在他们身上。他们下到观众席，从过道欢快地跑出去。

舞台监督：

> 这就是第二幕的全部，伙计们。幕间休息十分钟。

——**幕落**——

第
三
幕

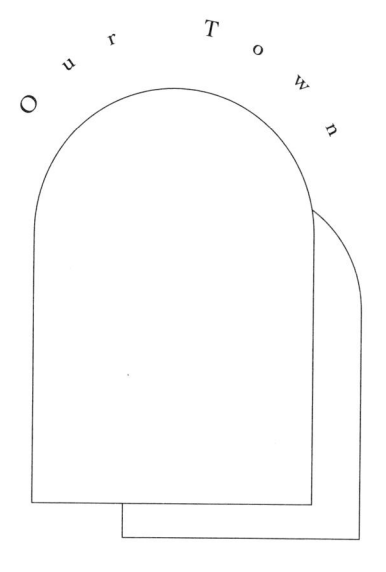

●

Our Town

在幕间休息时，观众看见舞台工作人员布置舞台。在右边略微靠近中间的地方，放了十或十二把普通的椅子，分成稀松的三排，面对观众。

这些就是墓园里的坟冢。

在幕间休息快结束时，演员进场入座。前排靠舞台中央的地方是一把空椅子，然后依次是吉布斯太太和西蒙·斯蒂姆森。

第二排上有索默斯太太等人。

第三排有沃利·韦伯。

死者的头或眼睛既不朝左也不朝右，他们只是安静地坐着，但又不显得僵硬。他们说话时的语调很平淡，不煽情，最重要的是，不凄凉。

舞台监督在他习惯的位置上，等着剧院的灯光暗下来。

舞台监督：

> 这次，过了九年，朋友们——夏天，1913年。
>
> 格洛佛角渐渐发生了变化。马越来越少见了。
>
> 农民进城都是开着"福特"。

现在各家晚上都要锁房门了。镇上还没有什么贼，但人们总在议论。

不过，你会觉得奇怪的是——整体而言，这里的一切没什么大变化。

这里当然是格洛佛角一处重要的地方。它位于山顶——多风的山顶——能看到大大的天空和云朵——也能照到很多阳光，还看到月亮和很多星星。

某个风和日丽的下午，你来到山上，能看见层峦叠嶂的山丘——非常非常蓝——伫立在斯纳珀湖和温尼佩绍基湖旁边……在更高的地方，假如你有望远镜，可以看见怀特山脉和华盛顿山——那里就是北康威和康威。当然，我们最喜欢的山，还是这里的莫纳德诺克山——还有它周围的这些小镇：贾弗里、东贾弗里、彼得伯勒和都柏林，还有——（指着下面的观众）还有在下面远处的格洛佛角。

是的，这个景点风光不错。山上有月桂和丁香。我常常奇怪，为什么人们愿意葬在伍德罗恩和布鲁克林，而不是把这段时光放到新罕布什尔去度过。在那儿——（指向舞台左方）石头都有年头了——1670年，1680年。一些固执的人走了很远的路，就为了要独立。夏天，人们在附近散步，嘲笑那些墓碑上的滑稽文字……这其实没啥大不了的。有些谱系学家从波士顿来到这里——是城里人雇他们来的，来查查祖先。他们想要确认自己是美国革命的女儿，是"五月花"号的后裔……我觉得这也没啥大不了的。只要你谈到人类，总会有很多荒诞的东西……

在那儿有一些内战老兵。坟墓上插着铁旗

子……新罕布什尔的男孩们……他们相信联邦应该保留,虽然自己从未见过这个国家八十公里地以外的地方。他们只知道这名字,朋友们——美利坚合众国。美利坚合众国。他们就去了,然后为之战死。

这里是墓园新建的部分。这里有你们的朋友吉布斯太太。让我看看——这个是斯蒂姆森先生,公理会教堂的风琴手。索默斯太太,她曾经很喜欢那个婚礼——你们记得吗?哦,还有很多其他人。还有韦伯主编的儿子,华莱士[1]。他参加童子军旅行去克劳福德山口,结果在路上阑尾爆裂。

是的,有很多的哀愁,都在这个地方慢慢沉淀下来。

---

1 沃利是华莱士的昵称。

那些悲恸欲绝的人带着自己的亲属来到这座山上。我们都知道那是什么情形……然后时间……晴天……雨天……雪天……我们很高兴他们去了一个美丽的地方。当伤痛平复后，我们自己也会安身于此。

现在有些东西，我们都知道，却很少拿出来端详。我们都知道，某个东西是永恒的。它不是房子，不是姓名，不是土地，甚至也不是星辰……每个人在骨子里都明白，某个东西是永恒的，它和人类有关。所有曾在世的伟人都讲述过它，讲了五千年，然而你们会觉得奇怪，人们总是没能记住它。这个永恒的东西在极深之处，它关乎每一个人。

停顿。

你我也知道，死去的人是不会继续关心那些活着的人很久的。渐渐地，渐渐地，他们离开了这片土地……放弃了他们曾经的雄心……他们曾经的欢乐……他们曾经的痛苦……他们曾经爱过的人。

他们被从土地上收割走——我用的就是这个词——收割走。

当留在这里时，他们属于泥土的那部分在燃烧，直至灰烬；此时，他们渐渐对格洛佛角发生的事情变得无所谓。

他们在等待。他们在等待某个他们认为将要发生的事情。某个重要而伟大的事情。难道他们不就是在等待自己永恒的那部分变得清晰吗？

他们将要说的一些话也许会伤害你们的感情——但这就是事实：母亲与女儿……丈夫与

妻子……敌人与敌人……金钱与吝啬鬼……所有那些极其重要的东西，在这里都变得苍白。当记忆已经消逝，还会剩下什么呢？你的身份，史密斯太太？

他盯着观众看了一分钟，然后转向舞台。

好了！这里有几个活着的人。他们是乔·斯托达德，我们办丧事的，负责挖一个新的墓穴。还有一个格洛佛角的男孩过来了，那个离开镇子去了西部的人。

乔·斯托达德在背景处转来转去。山姆·克雷格从左侧入，擦掉额头上的汗。他带着一把雨伞，慢慢走到前面。

山姆·克雷格：

下午好，乔·斯托达德。

乔·斯托达德:

下午好,下午好。让我看看:我认识你吗?

山姆·克雷格:

我是山姆·克雷格。

乔·斯托达德:

我的天哪!真没想到!我就知道你应该会回来参加葬礼的。你离开好久了,山姆。

山姆·克雷格:

是的,我已经离开十二年了。我如今在水牛城做生意,乔。接到表妹的死讯时,我正在东部,所以我把工作重新安排了一下,回老家来看看。你看上去不错。

乔·斯托达德:

是的,是的,挺好。今天我们要做的是伤心事,萨缪尔。

山姆·克雷格：

是的。

乔·斯托达德：

是啊，我总是说，我讨厌接这种年轻人去世的活儿。他们过一会儿就要来了。我今天得一早就过来——我儿子负责家那边的事。

山姆·克雷格：

(看着墓碑上的字)老农麦克卡提，我曾经为他做过小活儿——在毕业后。他得过腰病。

乔·斯托达德：

是的，我们好多年前把麦克卡提葬在这里。

山姆·克雷格:

> (注视着吉布斯太太的膝盖)啊,这是我姨妈茱莉亚……我都忘记她已经……当然,当然。

乔·斯托达德:

> 是的,吉布斯医生两三年前失去了妻子……大约也是这个时候。今天对他来说,又是一个沉重打击。

吉布斯太太:

> (对着西蒙·斯蒂姆森,语调平和)这是我妹妹凯丽的儿子,山姆……山姆·克雷格。

西蒙·斯蒂姆森:

> 他们在附近时我总是不太自在。

吉布斯太太:

> 西蒙。

山姆·克雷格：

> 他们都是自己选择碑文吗，乔？

乔·斯托达德：

> 不……不经常。大多数时候都是死者家属从《圣经》里挑一段。

山姆·克雷格：

> 看上去不像是茱莉亚姨妈选的。现在已经没几个赫西家的姊妹还活着了。让我看看：我想看看我父母的……在哪里？

乔·斯托达德：

> 和克雷格家的一起，都在那边……是F列。

山姆·克雷格：

> （读着西蒙·斯蒂姆森的碑文）他在教堂当风琴手，对吧？嗯，挺能喝的，我们过去总说。

乔·斯托达德：

    没人知道他为啥这样。他的经历挺坎坷的。

悄声地。

    自己了断的，知道吗?

山姆·克雷格：

    哦，是吗?

乔·斯托达德：

    在阁楼上吊的。他们打算把这事瞒住，结果还是传开了。他自己挑的碑文。你在这里可以看见。实际上不算是诗。

山姆·克雷格：

    啊，这就是一些音乐符号——这是啥?

乔·斯托达德：

> 哦，我不知道。当时在波士顿的报纸上都报道了。

山姆·克雷格：

> 乔，她是怎么死的？

乔·斯托达德：

> 谁？

山姆·克雷格：

> 我的表妹。

乔·斯托达德：

> 哦，你不知道吗？她生孩子时出了事。那是她第二个孩子。已经有了个四岁多的小男孩。

山姆·克雷格:

(打开伞)坟墓就会在那里吗?

乔·斯托达德:

是的,吉布斯家的墓区已经没啥剩余的空地了,所以他们在B列给吉布斯家划了一片新的地方。我现在得告辞了。我看见他们过来了。

从左方到中间,在舞台的后方,过来一队人。四个男人抬着对我们而言无形的棺木。剩下的人都举着伞。可以隐约见到吉布斯医生、乔治、韦伯一家等人。他们聚集在舞台中后方略微靠左的墓穴周围。

索默斯太太:

那是谁,茱莉亚?

吉布斯太太:

(没抬头看)是我儿媳妇,艾米丽·韦伯。

索默斯太太：

(有点儿吃惊,但没动感情)哦,我说呢!上山的路肯定是非常泥泞。她是怎么死的,茱莉亚?

吉布斯太太：

难产。

索默斯太太：

难产。(几乎带着笑)我全都忘记了。天哪,生命真是可怕——(叹息)但又美好。

西蒙·斯蒂姆森：

(斜着看了一眼)美好,是吗?

吉布斯太太：

西蒙!你少说几句!

索默斯太太：

> 我记得艾米丽的婚礼。那是多么温馨的婚礼啊！我记得她在毕业典礼上代表全班朗诵诗歌。艾米丽是高中毕业生里最聪明的女生。我听威尔金斯校长常常这么说。我去过他们的新农场看望他们，就在我快要去世之前。非常漂亮的农场。

死者中的一个女人：

> 就在我们当年住过的那条路上。

死者中的一个男人：

> 是的，非常不错的农场。

他们退下。墓边的一群人开始唱《以爱相连》。

死者中的一个女人：

> 我一直很喜欢这首圣歌。我希望他们能唱圣歌。

停顿。突然艾米丽从雨伞之间现身。她穿着一条白色连衣裙,头发垂在后背上,系着个白色蝴蝶结,就像小姑娘一样。她走得很慢,疑惑地看着那些亡者,有点儿晕头转向。她停在半途,浅浅地笑了。她看了一会儿那些悼念的人,然后就缓步走向吉布斯太太旁边的空椅子,坐了下来。

艾米丽:

(对他们全体,安静地,微笑地说)你们好!

索默斯太太:

你好,艾米丽。

死者中的一个男人:

你好,吉布斯太太。

艾米丽:

(亲切地)你好,吉布斯妈妈。

吉布斯太太：

> 艾米丽。

艾米丽：

> 你好。（吃惊地）下雨了。

她的视线又移到葬礼的队伍。

吉布斯太太：

> 是的，他们很快就会走了，亲爱的。好好休息一下。

艾米丽：

> 好像距离我……已经几千几万年了。爸爸记得的，那是我最喜欢的赞美诗。哦，我希望我已经待在这里很久了。我不喜欢刚到的感觉。你还好吗，斯蒂姆森先生。

西蒙·斯蒂姆森:

> 你好,艾米丽。

艾米丽继续看着周围,带着惊奇的笑容。仿佛是为了让自己不要去想葬礼上的人,她开始带着一丝紧张和吉布斯太太讲起话来。

艾米丽:

> 吉布斯妈妈,乔治和我把那个农场弄得可好了。我们一直都在思念你。我们想让你看看新的谷仓,还有一个特别长的牲畜饮水池,是水泥做的。是用你留给我们的钱买的。

吉布斯太太:

> 是吗?

艾米丽:

> 你不记得了,吉布斯妈妈——你留给我们的遗

产啊。你忘了，有 350 多美元呢。

吉布斯太太：

是的，是的，艾米丽。

艾米丽：

饮水池里有个专利装置，水永远都不会溢出来，吉布斯妈妈。而且它的水面也永远不会低于某个高度。很好用的。

她的声音渐渐微弱，目光重新回到葬礼的队伍。

乔治没了我，一切都会变得不同了，但那个农场真是好。

突然，她直直地看着吉布斯太太。

活着的人们是不会懂的，对吗?

吉布斯太太：

是的，亲爱的——懂得很少。

艾米丽：

他们就像被封在了小盒子里，对吧？我感觉仿佛一千年前就认识他们了……现在我的儿子在卡特太太家待着。

她看见死者中有卡特先生。

哦，卡特先生，我的小儿子现在正在你家里呢。

卡特先生：

是吗？

艾米丽：

是的，他很喜欢那里。吉布斯妈妈，我们也有一辆福特。从来不出毛病。不过我不开车。吉布斯妈妈,这种感觉什么时候会消失?那种感觉……自己是他们的一员?要多久才会……?

吉布斯太太:

唉!亲爱的,耐心地等等。

艾米丽:

(叹了口气)我知道——看,他们结束了。他们要走了。

吉布斯太太:

唉——

打雨伞的都离开了舞台。吉布斯医生来到妻子的坟墓前,站了一会儿。艾米丽抬头看着他的脸。吉布斯太太没有抬头。

艾米丽：

> 看！吉布斯爸爸拿了一些我的花给你送来了。他看上去和乔治很像，对吗？哦，吉布斯妈妈，我之前从来没发觉……活着的人原来这么痛苦，而且……这么阴暗。看看他。我很爱他。从早到晚，他们都那样——痛苦。

吉布斯医生离开。

死者：

> 好像变凉一点儿了——是的，下雨让气温降低了一点儿。那些东北风总是会有这种效果，对吧？假如不是下雨，就会刮三天的风——

舞台陷入了静默之中。舞台监督出现在舞台柱子旁边，抽着烟。艾米丽坐在那里，突然有了一个想法。

艾米丽：

> 可是，吉布斯妈妈，人是可以回去的，可以再回到那里……去生活。我感觉到了，我知道的。刚刚我就在想着……那农场……有那么一会儿，我就仿佛回去了，我的孩子坐在我的膝盖上，就和平常一样。

吉布斯太太：

> 是的，当然，你可以。

艾米丽：

> 我能回到那里，把那些日子再活一遍……多好啊！

吉布斯太太：

> 我能说的就是，艾米丽，别这样。

艾米丽：

(急切地请求舞台监督)但这是真的，对吗？我能够……回去生活……重新活。

舞台监督：

是的，有些人试过……但是很快他们就会回来。

吉布斯太太：

别这样，艾米丽。

索默斯太太：

艾米丽，别。不会是你想的那个样子的。

艾米丽：

但是我不会再去过悲伤的一天。我会选择幸福的一天——我会选择我第一次知道自己爱着乔治的那天。这有什么好痛苦的？

他们沉默了。她转过去问舞台监督。

舞台监督:

你不只是在其中生活,你还要看着自己在里面活着。

艾米丽:

什么?

舞台监督:

当你看着的时候,你会发现他们 —— 下面的人 —— 永远不知道的东西。你知道未来。你知道之后会发生一些什么。

艾米丽:

但那会 —— 痛苦吗?为什么?

吉布斯太太：

  这不是你不该去做的唯一原因，艾米丽。当你在这里多待一段日子，就会明白我们这里的生活就是为了忘却那一切，只去想以后的事，为将来做好准备。当你在这里待久了，你就会明白的。

艾米丽：

  (温柔地)但是，吉布斯妈妈，我怎么可能忘记那里的生活？那是我知道的全部。那是我曾拥有的全部。

索默斯太太：

  哦，艾米丽。这不明智。真的，不明智。

艾米丽：

  但这件事我需要自己弄清楚。不管怎样，我会选择幸福的一天的。

吉布斯太太：

别！至少，选个不那么重要的一天。选择你生命里最不重要的一天。它会变得足够重要的。

艾米丽：

（自言自语）那样的话就不能选我结婚后的日子，也不能选生了孩子以后的。（迫切地对着舞台监督）我至少可以选择一个生日，对吧——我选我十二岁生日。

舞台监督：

好的。1899年2月11日。周二。你想选这天的哪个特别时间？

艾米丽：

哦，我想要一整天。

舞台监督：

> 我们会从黎明开始。你记得的，那时下了好几天的雪，但是在前一夜雪停了。他们开始清理道路。太阳出来了。

艾米丽：

> （喊着，站起身）是大街……啊，这是改建之前摩根先生的杂货店！这是马房。

这一幕中，舞台的光线一直不太暗；但是现在，舞台左半边渐渐变得非常亮——是那种冬日早晨的明亮。艾米丽朝着大街走去。

舞台监督：

> 是的，时间是1899年。十四年前。

艾米丽：

> 哦，这就是我从小熟悉的镇子。看，这就是当

年我们家周围的白色旧篱笆。哦,我都已经忘记了!哦,我好喜欢!他们在里面吗?

舞台监督:

是的,你妈妈过会儿就要下楼来做早饭了。

艾米丽:

(温柔地)是吗?

舞台监督:

你要记住:你父亲离家好几天了。他坐一大早的火车回来。

艾米丽:

不会吧……

舞台监督:

他回自己的母校去做了个演讲 —— 在纽约西部

的克林顿。

艾米丽：

    看！那个是豪伊·纽萨姆。那个是我们的警察。但是他去世了；他死了。

    豪伊·纽萨姆、沃伦警长和乔·克罗威尔的声音从舞台左边传来。艾米丽欣喜地倾听。

豪伊·纽萨姆：

    喂，贝西——贝西！早上好，比尔。

沃伦警长：

    早上好，豪伊。

豪伊·纽萨姆：

    你起得很早啊。

沃伦警长：

>刚才救了一个人。他差点就冻死过去了，就在波兰区的路边。喝得烂醉，就躺在外面雪地里。我摇醒他时，他还以为自己是在床上呢。

艾米丽：

>啊，乔·克罗威尔……

乔·克罗威尔：

>早上好，沃伦先生。早上好，豪伊。

韦伯太太出现在厨房，但是艾米丽并没有看见她，直到她大喊。

韦伯太太：

>孩子们！沃利！艾米丽！该起床了。

艾米丽：

> 妈妈，我在这里！哦！妈妈看上去多么年轻！我都不知道妈妈曾经这么年轻过。

韦伯太太：

> 如果你们想的话，可以来厨房灶火跟前穿衣服，但要抓紧了。

豪伊·纽萨姆沿着大街过来，拿着牛奶到韦伯太太门口。

> 早上好，纽萨姆先生。噢——真冷。

豪伊·纽萨姆：

> 我谷仓那边都零下十摄氏度了，韦伯太太。

韦伯太太：

> 真吓人！你要多穿点啊。

她拿过奶瓶，直哆嗦。

艾米丽：

（努力地）妈妈，我怎么也找不到我的蓝色头花了。

韦伯太太：

睁眼好好看看，亲爱的，就这样。我放好了特意给你戴的——就在梳妆台上。假如它是条蛇，肯定会咬你一口。

艾米丽：

是的，是的……

她将手放在胸口。韦伯先生沿着大街过来，遇到了沃伦警长。在冰冷的空气里，他们的行动和声音被听得越发真切。

韦伯先生：

早上好，比尔。

沃伦警长：

早上好，韦伯先生。你起得早啊。

韦伯先生：

是的，刚从我纽约州的母校回来。没遇到什么状况吧？

沃伦警长：

唉，今天早上我被叫起来去救一个波兰佬——他差点儿就要冻死过去了。

韦伯先生：

我们得把它写到报纸上。

沃伦警长：

> 小事一桩吧。

艾米丽：

> （呢喃）爸爸。

韦伯先生将脚上的雪抖掉，进入家里。沃伦警长从右边离开。

韦伯先生：

> 早上好，孩子他妈。

韦伯太太：

> 事情办得怎么样，查尔斯？

韦伯先生：

> 哦，不错。我对他们讲了些事。家里一切都好吧？

韦伯太太：

是的——没啥特别的事。就是很冷。豪伊·纽萨姆说他谷仓那边有零下十摄氏度。

韦伯先生：

是的，汉密尔顿学院那边更冷，学生们的耳朵都要冻掉了，真惨啊。报纸上没出啥岔子吧?

韦伯太太：

我没发现什么。咖啡弄好了，你随时可以拿。

韦伯先生走上楼梯。

查尔斯，别忘记了，今天是艾米丽生日！你记得给她带什么礼物了吗?

韦伯先生：

(拍拍口袋)是的，我带东西了。(朝楼上喊)我的丫头在哪儿？我的小寿星丫头在哪儿？

他从左边离开。

韦伯太太：

现在别打搅她，查尔斯。你可以在吃早饭时看见她。她动作总是很慢。快点儿了，孩子们！已经七点钟了。听着，我不想再叫你们了。

艾米丽：

（温柔地，但惊奇多于悲伤）我受不了了。他们是如此年轻，如此美丽。他们为什么要变老？妈妈，我在这里。我已经长大了。我爱你们，所有的一切都爱——这一切我怎么看都看不够。

她疑惑地望着舞台监督，说道或建议道："我能进来吗？"他点了一下头。她穿过内门进入厨房，站在母亲的左边。她仿佛进入了房间，说话时的声音就像一个十二岁的女孩。

早上好,妈妈。

韦伯太太:

(走过去拥抱并亲吻她,动作带着她惯有的那种平淡)好了,亲爱的,祝我的闺女生日快乐,年年有今日。在厨房桌子上有很多惊喜等着你呢。

艾米丽:

哦,妈妈,你不应该这样的。(用痛苦的眼神看了一眼舞台监督)我不能 —— 我不能。

韦伯太太:

(面朝观众,隔着炉子)不管你生不生日的,我都想让你好好吃早饭。我想让你长大,变成一个健健康康的女孩。蓝色纸包着的,是你姨妈凯丽送的。我想你能猜到那个明信片本子是谁拿来的。我是拿牛奶时在门口发现的 —— 乔治·吉布斯……肯定是在这个大冷天起了个大早……他真是不错啊。

艾米丽：

（自言自语）哦，乔治！我已经忘记这事了……

韦伯太太：

好好吃熏肉，慢慢嚼。它会让你在冷天里保持暖和。

艾米丽：

（越发急切）哦，妈妈，你看看我，就像你真的看见我一样。妈妈，十四年过去了。我已经死了，而你也当了姥姥，妈妈。我嫁给了乔治·吉布斯，妈妈。沃利也死了，妈妈，他在去北康威的宿营旅行时阑尾爆裂。我们当时为这事很难受——你不记得了吗？但是，趁我们都还在，妈妈，趁我们都还幸福，让我们相互看对方一眼。

韦伯太太：

> 黄色纸包着的是我在阁楼你姥姥那堆东西里翻出来的。你的年纪已经可以戴这个了，我想你会喜欢的。

艾米丽：

> 这是你送给我的。哦，妈妈，这个真漂亮，正是我想要的。真漂亮！

　　她伸出双臂抱住妈妈的脖子。她妈妈继续做着饭，但很高兴。

韦伯太太：

> 哦，你喜欢就好。我可是找了老半天。你诺拉姨妈在康科德买不到这个，所以我得一直给送到波士顿去。
>
> （微笑）沃利也给你准备东西了。他在手工课上

做的，自己可得意了。你一定要表现得很喜欢啊——你父亲也给你准备惊喜了。我自己还不知道什么。嘘——他过来了。

韦伯先生：

（在台下）我的丫头在哪儿？我的小寿星丫头在哪儿？

艾米丽：

（大声地对舞台监督说）我不行了。我不能再继续了。进行得太快了。我们根本没时间看对方。

她失声痛哭。舞台左边的光暗了下来。韦伯太太消失。

我之前没有意识到。所有的一切都在进行，我们却从未留意到。带我回去——上山去——去我的坟墓。但首先：等等！再看一眼。

再见，再见，世界。再见，格洛佛角……妈妈，爸爸。再见，我的闹钟……妈妈的向日葵。食物和咖啡。新熨好的衣服，还有热水澡……睡觉和起床。哦，地球，你太美妙了，以至于无人能认识到你的好。

（突然看向舞台监督，哭着问）有没有人在活着的时候，意识到生命的意义——每一分，每一秒？

舞台监督：

没有。

停顿。

也许圣人和诗人会——他们能有一些认识。

艾米丽：

> 我准备好回去了。

> 她回到吉布斯太太的椅子旁。停顿。

吉布斯太太：

> 你刚才幸福吗?

艾米丽：

> 不……我应该听你的话。人都是这样子的!
> 瞎子!

吉布斯太太：

> 你看,天要晴了。星星就要出来了。

艾米丽：

> 哦,斯蒂姆森,我应该听他们的话的。

西蒙·斯蒂姆森：

> （越发激烈地愤愤道）是的，现在你明白了。现在你明白了！活着就是这样子。在无知之中浑浑噩噩地过活；不停地践踏着那些感情……那些与你有关的感情。你挥霍着时间，就好像你能活一百万年似的。总是沉浸在以自我为中心的激情里不可自拔，要么就是别的什么。现在你知道了——这就是你想回归的幸福之所。不过是无知和盲目罢了。

吉布斯太太：

> （勇敢地）西蒙·斯蒂姆森，这不是全部的真相，你知道的。艾米丽，看着那星星。我忘记它的名字了。

一个死去的男人：

> 我儿子乔是一个水手——这些他都认识。他晚上就会坐在门口，认出它们的名字。是的，先

生,很漂亮!

另一个死去的男人:

  星星是非常好的伙伴。

一个死去的女人:

  是的,是的。

西蒙·斯蒂姆森:

  有个人过来了。

死者:

  真奇怪。这不是他们来这里的时间啊——天哪。

艾米丽:

  吉布斯妈妈,是乔治。

吉布斯太太：

> 唉，亲爱的。好好休息吧。

艾米丽：

> 是乔治。

乔治从左边进来，慢慢地走向他们。

一个死去的女人：

> 我的儿子乔，他认识这些星星 —— 他曾经说过，星星的那点点光要几百万年才能到达地球。听上去不太可信，不过他就是这么说的 —— 几百万年。

乔治双膝跪下，然后整个人都趴在艾米丽脚下。

一个死去的女人：

> 天哪！这样干可不好！

索默斯太太：

> 他应该回家。

艾米丽：

> 吉布斯妈妈?

吉布斯太太：

> 怎么了，艾米丽?

艾米丽：

> 他们并不明白的，对吗?

吉布斯太太：

> 是的，亲爱的。他们不明白。

舞台监督在右边出现，一只手拽着黑色的台幕，然后缓慢地穿过舞台。在远处能听见一个钟在微弱地报时。

舞台监督：

> 格洛佛角大部分人都睡了。还有几盏灯亮着：肖迪·霍金斯在车站那里，看着奥伯尼的火车路过。在马房还有人在一边弄着马车，一边说话。是的，天晴了。还有星星——在天穹进行着它们古老的交叉旅行。学者们还没搞清楚这个问题，不过他们似乎认为那儿没有生命存在。只有尘粉……或者火。只有在这个星球上，人们在孜孜地劳作，一直在孜孜地劳作，想自己弄出点儿名堂来。这种活法实在是辛苦，所以每隔十六个小时，所有人都要躺下来，休息休息。（给手表上发条）嗯……格洛佛角的十一点钟——你们也好好休息。晚安。

——剧终——

后记

作为普利策奖得主和享誉全球的小说家,桑顿·怀尔德在20世纪30年代时决意为自己再添一份荣耀,即成为百老汇的常驻剧作家。1938年2月4日周五的晚上,在四十三街的亨利·米勒剧院,他的梦想变成了现实:《我们的小镇》首演,由著名性格演员弗兰克·克雷文饰演"舞台监督",传奇人物杰德·哈里斯执导并担任制作人。该剧的结尾用了这个演出版本的语言:"他们在格洛佛角睡去。明天将是崭新的一天。也祝各位晚安。晚安。好好休息。"在短暂而惊诧的沉默后,剧场里响起了抽泣声,之后观众报以热烈的喝彩。

第二天,在一百五十千米外康涅狄格州的哈姆登,作者家中的电话声此起彼伏,好消息接连不断。怀尔德最好的演员朋友鲁思·戈登在电话中带来了重要消息。当时她正在怀尔德翻译的易卜生名剧《玩偶之家》中扮演娜拉,这部剧是在百老汇上演的,导演也是哈里斯。(人们忘记了在 1938 年怀尔德同时有两部剧在纽约市上演)。怀尔德将戈登电话中的要点(特别是关于那些好莱坞名流显要眼里噙着泪水的细节)告知德怀特·达纳,此人是他的律师、知己,也是大萧条时期怀尔德的财务管家。这封信是关于剧作家对该剧首演感想的最早书面记录,而这场演出对他今后的声望有着决定性的影响。

亲爱的德怀特:

有意思的事情发生了。

鲁思致电。已经刷新票房纪录了。

尽管评论褒贬不一,但周六早上售票处开门时,已经有 26 个人在排队;排队的人持续了一天,警察不得不暂时关闭售票处 10 分钟,以便让观众能够进去看下午场;那一天就进账 6500 美元——两场演出,加预售收入。

不可思议吧!

周五晚上，人们看见山姆·戈德文和比伊·莉莉都哭了。真的！……

这实在是太令人震惊了，很好玩，又太令人应接不暇了，对吧？

《我们的小镇》得到的剧评确实褒贬不一。负面评论集中在它作为一部戏是否具有充足的"戏剧性"，《纽约客》的罗伯特·本奇利则认为它"如此做作"。约翰·加斯纳在《独幕剧》杂志中亦否定了该剧，认为其"缺乏情节发展"，因此远不算"一次重要的戏剧体验"；乔治·让·内森后来称该剧为"噱头"。《时代》杂志则认为，怀尔德有效地运用了"中国的技法"，"相比传统的舞台布景，它十倍地展现了'剧场'的特点"，但第三幕充斥着令人失望的"神秘主义和华而不实的臆断"。左翼期刊《新群众》的编辑迈克尔·戈尔德早在30年代初就以贬低怀尔德的小说著称，此次却在抨击之时亦颔首致意："这是一部令人恼火的剧，它的基本理念丑陋不堪，但剧作、表演和舞台设计可圈可点。"（怀尔德就喜欢以"丑陋不堪"的方式来表现中产阶级和资产阶级的价值观和生活。）

然而，那些喜欢这部剧的评论则出自《先驱论坛报》《世界邮报》《布鲁克林每日鹰报》，甚至有小报《周末镜报》。它们夸赞该剧的舞台布景、表演、导演以及主题，毫不吝啬溢美之词。它们用的词是"出色""感人""当代最伟大的剧作之一"和"无与伦比"。《周末镜报》的罗伯特·科尔曼不遗余力地颂扬该剧，认为它"值得在任何一部美国戏剧选集中获得崇高的一席之地"，而该剧也确实自1940年起就入选了各种戏剧选集。《纽约时报》的布鲁克斯·阿特金森是最早发表看法的重要剧评家，他写了一篇文采飞扬的评论，称赞怀尔德和哈里斯的这部剧"把人类生活中简单的事件转变为具有普世意义的幻想曲"，认为该剧蕴含着"不朽真理的断章"。

2月14日时，票房的成绩已足以让该剧成为摩洛斯科剧院的常演剧目，怀尔德这才放心地写信给伦敦友人西比尔·科尔法夫人："天哪！我都不敢相信。它成了本市的大热门。几乎所有人（包括我自己）都对它存有保留意见，但每个人都在谈论它，而且打算要去看。"

这部让山姆·戈德文为之动容的剧，在1935年7月2日以"M与N结为夫妇"的字样出现在一份记录戏剧创意的稿纸上。这句话原封不动地——它恐怕要算这部剧中资格最老的句子了吧?——保留到了最终版本中,在第二幕的结尾,扮演牧师的舞台监督说道:"M……与N结为夫妇……几百万对儿这样的。"在记下这个"字母"婚姻之前不到两周,怀尔德在新泽西举行的哥哥的婚礼上见识了一个传统风俗,即新郎在婚礼当天不能见新娘,要等到两人在教堂相见才行。因此,《我们的小镇》对怀尔德家人而言,具有非同寻常的个人色彩(且催人泪下)。

根据记载,我们知道"M与N结为夫妇"在1936年变成了《我们的村庄》,1937年又改名为《我们的小镇》。怀尔德并不擅长在熟悉的环境下进行严肃的创作。因此,《我们的小镇》创作之旅遍及各地——有的是在横跨大西洋的客轮上,有的是在各地酒店的书桌前和幽闭之地,譬如加勒比海上的圣卢西亚岛(1936年10月),譬如新罕布什尔州彼得伯勒的麦克道威尔文艺营(1937年6月),譬如1937年秋在瑞士的苏黎世、圣莫里茨、锡尔斯-玛利亚、锡尔斯-巴塞尔吉亚、阿斯科纳和鲁西利康——也就不足为奇了。其中,麦克道威尔文艺营的维尔廷工作室,尤其是鲁西利康的贝尔瓦酒店(一个坐落在苏黎世边上的小村庄——8法郎一天,包早午餐)客房,这两处是怀尔德创作、删改和润饰剧本的重要场所。无论天气如何,怀尔德写作时都有一个重要的事情要做,那就是远足散步。从1923年起,他便养成了在新罕布什尔的彼得伯勒和苏纳皮湖地区散步的习惯,正是在散步时,他完成了对《我们的小镇》的构思。该剧开演不久,怀尔德在一次采访时量化地解释了他每日的舒步徐行:"粗略估计的话,每天散步可以酝酿出十五分钟时长的场景。我所有的灵感都来自于此,如果让我现在尝试坐到桌前,我恐怕写不出一部完整的戏剧或小说。"

以下这些怀尔德记录的节选将帮助我们了解作者的工作在1937年那个关键的夏天是如何进展的。有学者指出,那段时间他同时在写多个剧本。(读完下面就会发现,怀尔德1931年的独幕剧非常重要,如《前往特伦顿与卡姆登的快乐旅程》和《希亚瓦萨号列车》,它们是创作《我们的小镇》的素材库。)

6月24日 从麦克道威尔文艺营致信亚历山大·伍尔科特。我在树林里度过了很多静谧的时光,它帮助我摩拳擦掌,为完美地掷出飞镖而努力。有三个想法集中到了一起。当我扬帆创作时，一个都割舍不下。我始终认为《我们的村庄》是属于你的，为的是带给你欢乐。《快乐旅程》（即《前往特伦顿与卡姆登的快乐旅程》）不再是该剧的一部分。最后在陵园的一幕将会震撼人心。（《我们的小镇》是献给评论家和广播主持人伍尔科特的。他在1935年那一版颇有影响的《伍尔科特读本》中收入了《快乐旅程》。）

9月4日 从苏黎世致信家人。我开始写《我们的小镇》第二幕了。我觉得很难将所有关于爱和婚姻中的——一般的和具体的——东西融合在一起，使之成为一条流动的音乐曲线……一些铺垫性的话又放到了第一幕。艾米："妈妈，我好看吗？"妈妈："是啊，你当然好看。……如果他们不好看，我这脸可挂不住。"（艾米是艾米丽原先的名字。）

9月6日 从苏黎世致信西比尔·科尔法。有一个绝非病态的场景埋藏在我脑海中未被承认的深处。新娘显出就像从未见过新郎的样子，她非常惊慌害怕，向观众求助，拽着父亲到舞台前柱，求他带着自己逃到南海或任何地方。父亲也备感困扰,他抱住女儿,告诉观众说女孩本不应该出嫁,说年轻妻子心中有着世上最残酷的焦灼……然后他用手掌抚自己的额头,颤抖着安抚自己的女儿,并将她带回到牧师身边。

9月22日 从锡尔斯-巴塞尔吉亚致信家人。极好的地方。

尼采伟大的魂魄……昨晚我写剧时文思泉涌,现在它绝对是你所能想象的最美的剧了。

9月25日 从苏黎世致信西比尔·科尔法。今天下雨。葬礼上无声表演在舞台远处进行,人们撑着十把伞。

每一幕都有赞歌——合唱队排练、婚礼、葬礼。当那些住在城里的美国人听着那些来自美国之外的古朴圣歌——就好像《绿草地》这部戏中大量运用到的黑人灵魂乐。

是的,最后一幕里还有很多技术上的难题需要对付,但是锡尔斯-玛利亚会让这一切都迎刃而解的。

10月1日 从鲁西利康致信西比尔·科尔法。我已经落下进度了。本来希望10月1日就可以开始写二号剧本的。

不过没关系:"《我们的小镇》的第一幕和第二幕都誊抄好了,而且我自认也'写好'了。"至于那棘手的第三幕正日益步入正轨。

天哪!我这是在干吗。用《炼狱篇》中改写的神学和形而上的东西,加上美国农村风格的玩意儿。

是不是糟透了?

当他们在那儿等着世界从身边流逝,但丁的黄昏天使有显现吗?

在他们转头的时候,我们是否会萌生一丝虔敬,以为一些事物已经到来?

首先,我是否相信?

10月28日 从鲁西利康致信家人。有一晚,杰德(·哈里斯)从伦敦打来电话,谈了20分钟。他想知道《我们的小镇》适不适合在纽约圣诞节档期上演。适合吗?!猜猜是谁扮演那剔着牙的瘦高舞台监督?辛克莱·刘易斯!他一直磨着杰德让他演;其中一部分很适合他那著名的新英格兰独白把戏。千万别向任何人透露此事。(刘易斯在之后的夏季档期中出演了舞台监督一角。)

11月24日 从巴黎致信艾米·韦特海默。杰德·哈里斯叫我去巴黎，把《我们的小镇》读给他听——用中国戏剧和《希亚瓦萨号列车》中的技巧来探讨一个新罕布什尔的小镇。他对此很有兴趣，急忙赶回美国来排剧，要在圣诞节时上演……我很快也跟着去排练。

事实上，怀尔德不是在欧洲写完《我们的小镇》的，在他完成剧本创作的最后两个地方都没有关于散步的记载。为了确保剧本的完成，也为了宣传新戏，当怀尔德乘坐"玛丽皇后号"回国后，哈里斯立刻把他从码头接走，"囚禁"在长岛上。(用新闻标题的话说："怀尔德被禁足，直至完成他的那部戏。")所谓的牢房，其实是位于长岛的一所乡村别墅，在时髦的冷泉港，设施齐全，配有厨师、管家，还有印花棉布做的窗帘和桌布。

11月19日，就在排练开始前几天，怀尔德终于完成了演出剧本，不过是在一个更为简朴的地方：四十三街的哥伦比亚大学俱乐部，离百老汇仅三个街区。他写信告知德怀特·达纳这个好消息，也透露了他还没和杰德·哈里斯签订合同的沮丧心情，因为他"和哈里斯之间这种友人兼合作伙伴的关系简直是一团糟……出于对这部未完成的剧的负罪感，我无法打起精神坚持下去"。然而，《我们的小镇》的前景会如何？怀尔德说，弗兰克·克雷文（他已经签约）认为"这部剧有可能会大红大紫"。虽然整个剧组以及一些看过彩排的人（他们预言该剧"会带来轰动"）都这么觉得，但当怀尔德看到哈里斯设计的舞台指示，特别是那些对他剧本"毫无品味的添改"，他就失去了信心。这些不满迅速导致了一场激烈的争吵，两人的友谊出现了裂痕。

《我们的小镇》先在普林斯顿和波士顿公演，然后再进军百老汇。首演只有一场，时间是 1938 年 1 月 22 日，地点在新泽西州普林斯顿的麦卡特剧院。虽然这部剧遭到《综艺》报的猛烈抨击（"这大概会是本季最奢侈的一次人才浪费"），但其他人的评价和怀尔德在信里告诉达纳的一样：

> 在普林斯顿的演出无疑是成功的。大剧院连站票都卖光了。门票收入达 1900 美元；观众常常发出笑声；还有

> 震惊；很多泪水；剧终时，没有离场的观众们长时间地报以掌声。

在波士顿的情况就非常不一样了。《我们的小镇》剧组抵达威尔伯剧院，按计划从1月25日开始，进行为期两周的演出。人们大多认为波士顿的评论家们对该剧做了恶评。《号角》杂志的著名剧评人理查德·梅尼用一种纽约人的口吻说道："这部剧遭到的冷遇和可悲的上座率直接导致两周的演出缩成一周。美国的守旧派压根儿不喜欢一部没有舞台布景的剧。对于灯塔山的文人雅士而言，做出这样的省略无异于吃柚子不用勺，这太不可思议了。"

1938年正是"大萧条"时期最困难的年月，波士顿威尔伯剧院的经营状况非常糟，其他剧院也一样。其实评论界并非一边倒地否定。怀尔德说这些剧评"虽然小心谨慎，却也不是全盘否定"。评论家们从剧中看出不少喜欢的亮点，但他们也为它那种先锋的特色而困惑不解，正如美联社一篇报道的内容提要所说的那样：说话的"尸体"非比寻常。《波士顿晚报》的莫道特·霍尔颇具声望，他觉得该剧"新奇古怪"，但指出它

"在昨晚演出时受到多方赞赏"。《纽约时报》也做了类似的报道——观众感到"疑惑",但在剧终时"为这个感人至深、文笔美妙、演绎精湛的剧大肆鼓掌,它在戏剧技巧上和中国或希腊戏剧有一些渊源,但又转化成了新英格兰的语言"。

在波士顿,《我们的小镇》招来了它演出史上最特别的头条新闻。用怀尔德的话说,那就是"一枚投向演员的炸弹"。在波士顿开演的前一天,哈里斯的伴侣,女演员罗莎蒙德·平肖在她纽约郊外的家中自杀。《波士顿邮报》1月25日的头版报道了这起悲剧:

本地新剧引来自杀——

罗莎蒙德·平肖据说因无法获得

《我们的小镇》中的角色而郁郁寡欢

无论普林斯顿和波士顿在剧场容量上有多大差异,两地的演出都有一个共同点——泪水。现在,观众对该剧的反应让怀尔德颇为苦恼,于是他致信西比尔·科尔法说:

观众带着很多纸来看戏。又笑又哭。马萨诸塞州州长夫人专门打电话给售票处，说最后一幕实在太悲了。她是对的。你恐怕从未听到如此多的抽泣和擤鼻子的声音。日场观众多为女性，演出完毕，她们都红着眼睛，面颊浮肿地走出来，睫毛膏都哭花了。这可不是我的初衷；导演应该是主要原因；杰德正疯狂地试图把剧本变得温情，弱化其力量。

受平肖之死的影响，加之糟糕的上座率、不甚欣赏的评论家们，以及严重的亏损，哈里斯认为这部他曾有着满满信心的剧只有三条路可走：弃剧（当时他是这么打算的）；回去修改后再到别的城市（显然设想的是纽黑文，虽然这主意只是转瞬即逝）；或提前去纽约首演。哈里斯选了最后这个方案，让演员们排练了四天，并在2月4日周五晚将该剧临时放到亨利·米勒剧院开演。据说是几位来自纽约的重要人物前来观看了演出（包括剧作家马克·康内利），正是他们的意见让第三个方案胜出。康内利称，《我们的小镇》"精彩绝伦"，已经可以搬上百老汇了。当纽约的排练开始时，怀尔德非常紧张，身心俱疲，他写信给西比尔·科尔法："马克（·康内利）和其他人在纽约四处散播风声，说周五晚上将是激动人心的时刻。杰德把最高门票定在 5.5 美元，这简直是疯了。"

如上所说，《我们的小镇》的首演确是激动人心的时刻。在百老汇最早的这次演出并未打破纪录。布鲁克斯·阿特金森在 1973 年回忆称，若非该剧本在 1938 年 5 月获得普利策奖，这部已连演四个月的剧"大概就要沦为百老汇无数渐渐被人遗忘，从而未能修成正果的剧目之一了"。为了让演出能在炎热的夏季继续，怀尔德同意削减高达 50% 的版税。到了 9 月份，当他扮演了两周的舞台监督之后，票房有了些起色。他的表演在媒体上广受好评。尽管他一直处于精疲力竭和头昏脑涨的状态中，但日子过得还算开心。

11 月 19 日，在连续演出十个月（总计 336 场）之后，哈里斯停止了《我们的小镇》在纽约的演出，开始带它进行漫长的全国巡演。在历时三个月，辗转了十二个城市之后，巡演于 1939 年 2 月 11 日在芝加哥戛然而止。该剧当年的演员托马斯·克雷在回忆录中提到了个中原因："杰德发现弗兰克·克雷文每周赚的钱比他这个导演、制片人还多。他试图说服克雷文先生减少自己在总收入中的比例。他们因此而吵了一架。杰德输了。一怒之下,他停止了演出,为了报复自己的脸蛋而割掉自己的鼻子,这牺牲也包括47位演员外加剧务组。"

尽管《我们的小镇》并不是以破票房纪录而走红的,但它之后在业余和专业剧团的演出为之赢来了"巨大的成功",这也是克雷文在排练前夜所预言的。所有这一切发生得非常快。

比如说,该剧在1939年4月19日首次开放了业余和专业剧团的演出权。截至1940年12月31日,(由塞缪尔·弗伦奇负责的)该剧在不下795个社区的业余舞台上演出。这个数字代表了联邦中除罗得岛之外的所有州,包括哥伦比亚特区、夏威夷和加拿大的四个省。这也奠定了《我们的小镇》的一个经验法则:在这个国家,每天晚上至少都有一个地方在演出该剧。而这些数字的背后,是这样一些原因:它有适合年轻人的绝佳角色;排演成本低;很适合教学;内容直指生命、死亡和爱;能给一代代学生心中留下不可磨灭的印象,而且常常带着几分怀旧之情。

专业剧团排演的《我们的小镇》从一开始也大获成功。截至1944年5月，它已经被上演了43次，主要集中在该时期新英格兰地区和大西洋中部各州的夏季剧院。怀尔德在其中五个版本的演出中出演了"舞台监督"一角。自"二战"以来，这种模式一直延续下来，这也归功于战后美国的地方剧院的发展。例如在1970年至1999年间，该剧在全国的专业剧院和地方剧院共排演了91次，在这新世纪则已排演了16次之多。在怀尔德的故乡，康涅狄格州纽黑文的长码头剧院，人们排演了该剧的五十周年纪念版，主演是哈尔·胡尔伯克。该剧演出史上另一座重要的里程碑，则是1976年威廉斯敦夏季戏剧节，当时杰拉丁尔·菲茨杰拉德成为第一个饰演"舞台监督"的女性演员。

马克·康内利，这位曾在波士顿拯救该剧的人，在1944年扮演了"舞台监督"，当时是《我们的小镇》首次重返纽约剧场，导演是杰德·哈里斯。后来该剧又在纽约重演了四次，最近两次分别在林肯中心和西港乡村剧院。前者获得了托尼奖，于1988年由斯伯丁·格雷主演；后者于2002年由保罗·纽曼主演，也大获成功。这些一流和/或专业的演出，为观众、批评家以及艺术家们提供了一些固定的机会，从而能以崭新的视角去探讨该剧及其艺术特色。有些解读能给人带来不少启迪——我们看看剧作家兰福德·威尔逊在1987年该剧五十周年纪念时在《纽约时报》写下的这段话:"(怀尔德)究竟是为什么以温情著称?让我们再也别这么讲了。我们不要被那温情可人的表面蒙蔽了双眼,在《我们的小镇》骨子里是可怕的愤世嫉俗,它有着刻薄的精确性。"而在"9·11"事件以后,戏剧界都像理查德·汉堡在达拉斯戏剧中心所说的那样,在这部剧中看到一种安慰人心的"连续性和社群感"。

自1938年在斯堪的纳维亚国家首次上演以来,《我们的小镇》在国际上也享有盛誉。在伊莎贝尔·怀尔德致兄长阿莫斯的信中,我们得以窥见一斑。尽管该剧的主题看似非常美国化,但有着普遍的感染力。比如,自1960年以来,《我们的小镇》在德国以外的27个国家以至少22种语言表演过,显然它被翻译和演出的次数远不止这些。(在《我们的小镇》的演出史上,这部分的确切数据难以获得。)无论是这部剧,还是怀尔德的其他作品,德国总是一个特例。在1950年到1970年间,《我们的小镇》由专业剧团排演了80次。虽然现在演出已没那么频繁,但它依然不断在校园里被演出并被广泛阅读。在德文平装版的封面上画了一幅大都市的图，这也体现了该剧的世界性魅力和视角。

尽管多次受邀，但怀尔德从未同意将《我们的小镇》改编成现场演出的音乐剧。他并不排斥其他选择。该剧丰富的广播史已被遗忘：它是从 1938 年 3 月开始，里面还加了一段《凯特·史密斯一小时》（那是当年全国最受欢迎的广播节目）；"二战"期间，《骆驼客》为它做了一个为期六个月的系列广播剧；1946 年 9 月，怀尔德还在《空中戏剧协会》的一次广播节目中参与了播音。该剧在早期电视荧屏上的历史也淡出了人们的脑海，不过有个版本例外。1955 年，法兰克·辛纳特拉主演了长达九十分钟的音乐剧版《我们的小镇》，其中著名歌手萨米·卡恩詹姆斯·范·霍伊森演唱的《爱情与婚姻》非常受欢迎，经久不衰。1977 年，哈尔·胡尔伯克在 NBC 的两小时广播版中扮演主角，这个用广播电视手段来制作该剧的传统后来又由斯伯丁·格雷和保罗·纽曼传承了下去。

因为有了有线电视、盒式录像带以及 DVD，索尔·莱塞在 1940 年 5 月波士顿一场盛大的庆祝会上发行的电影版《我们的小镇》被公开保存至今。（此时，《我们的小镇》在当地已获成功。)怀尔德虽然有当编剧的资历,起初却对剧本创作无甚兴趣。为了保护他这份日益升值的财产,他还是参与到影片制作过程中,这包括让艾米丽活下去的著名决定(她只是在梦境里死去)。在给莱塞的信中,他这样解释这个安排(这也为无数学生的期末论文提供了话题):

> 我一直这么认为(艾米丽应该活下来)。在电影中,你看,人们隔得如此之近,所以这里建立了一种不同的关系。在剧院里,他们差不多算是寓言中的抽象概念;而在电影里,他们是真实的。因此,由于戏剧是"一般化的寓言",所以她是在这个意义上死去的——我们死了——他们死了;而就"真实发生的事件"而言,她死不死就无足轻重了。让她活下来吧——这个想法无论如何都会被传递出来的。

在百老汇首演一个月后,怀尔德逃到亚利桑那州去完成《扬克斯的商人》,这是他先前瑞士之行时创作的另一剧本。从书信内容来看,他显然在努力总结写《我们的小镇》这部剧本的经验。他将大部分功劳归于杰德·哈里斯，两次去请他来执导新剧（他拒绝了）。另一方面，他显然觉得哈里斯并未完全领会该剧的深层含义。1938年3月，他从亚利桑那给他妹妹写信，表达了他似乎一直坚持的观点。当时的语境是，埃莉诺·罗斯福前一天的专栏《我的日子》认为，这部剧"让她压抑得难以言表"。

> 我现在认为，《我们的小镇》在一定层面上是一部非常悲观的作品，但在更高的层面上不是。杰德就是在这个层面上失败了。假如你在这部戏的上面悬挂上行星和年轮，你可以获得一种调和；假如你不这么做，它就太令人难受了。杰德在"宇宙的弦外之音"上欺骗了我，而若是（马克斯·）莱因哈特来导，就会再合适不过。

不到一年，怀尔德自童年起就崇拜的偶像、伟大的德国导演莱因哈特将《商人》搬上了百老汇的舞台——却遭遇了惨败。"二战"后，这部剧被改写成《媒人》，并在百老汇演了486场，比《我们的小镇》还多出110场，创造了怀尔德的个人纪录。用怀尔德（及很多人）的话说："戏剧是个有趣的行当。"

最后，这个怀尔德自1930年起就试图征服的"有趣行当"给予了他艺术和金钱两方面的成功。说起《我们的小镇》，还不只这些。桑顿·怀尔德一生有两次轰动时刻——一次是因为小说《圣路易斯雷大桥》，一次是戏剧《我们的小镇》。如果怀尔德是个棒球运动员，他所获得的荣耀，就好比是在第九局他的队伍三次夹杀后击中了满垒时的全垒打。

一时的轰动会留下长久的阴影。《我们的小镇》的阴影尤其长，尤其深。它是世界职棒大赛最后一场最终打出的那个全垒打。这部剧的成功并没有束缚住怀尔德的艺术才能，这足以说明作者的创作动力和对自我的认知。他继续写出了更多的剧本和小说，包括另一部获得"普利策奖"的戏剧，以及一部获得"国家图书奖"的小说。直到逝世那天，他仍孜孜不倦地从事许多文学工作，所以他被尊为一位文学家，而不仅仅是一位小说家，或剧作家。

《我们的小镇》留下的影子如此之长，又如此之深——以后也会如此。1997年，他的肖像被做成邮票，艺术家不假思索地在他的背景处绘上了新英格兰的风景。太阳即将落下，小镇很快就会置身于"星星的生活"之下。那里,就是桑顿·怀尔德的栖息之所。

塔潘·怀尔德(Tappan Wilder)

于马里兰州,切维蔡斯

(张巍译,但汉松校)

图书在版编目（CIP）数据

我们的小镇 /（美）桑顿·怀尔德著；但汉松译. —
广州：广东人民出版社，2024.8
书名原文：Our Town
ISBN 978-7-218-17550-8

Ⅰ.①我… Ⅱ.①桑… ②但… Ⅲ.①话剧剧本—
美国—现代 Ⅳ.①I712.35

中国国家版本馆CIP数据核字（2024）第085885号

OUR TOWN by Thornton Wilder.
Copyright © 1938 The Wilder Family LLC
Foreword © 2003, 2013 by Donald Margulies
Afterword copyright © 2003,2013,2020 by Tappan Wilder
Published by arrangement with The Wilder Family LLC
and The Barbara Hogenson Agency, Inc.
All rights reserved.

WOMEN DE XIAOZHEN
我们的小镇
[美]桑顿·怀尔德 / 著　但汉松 / 译　　版权所有　翻印必究

出 版 人：肖风华

责任编辑：李幼萍　刘志凌
特约编辑：刘美慧　范亚男
责任校对：李伟为
装帧设计：崔晓晋
责任技编：吴彦斌

出版发行：广东人民出版社
地　　址：广州市越秀区大沙头四马路10号（邮政编码：510199）
电　　话：（020）85716809（总编室）
传　　真：（020）83289585
网　　址：http://www.gdpph.com
印　　刷：广东信源文化科技有限公司
开　　本：787mm×1092mm　1/32
印　　张：7.875　**字　　数**：122千
版　　次：2024年8月第1版
印　　次：2024年8月第1次印刷
著作权合同登记号：图字19-2024-064号
定　　价：38.00元

如发现印装质量问题，影响阅读，请与出版社（020-85716849）联系调换。
售书热线：020-87716172

解读怀尔德笔下的
伟大寓言

- 跨越百年的传奇

  通过视频和图片,开启传奇的文学之旅。

- 最后的寓言家

  感受桑顿·怀尔德的文字力量。

- 普利策获奖作品

  一起盘点普利策获奖作品。

- 电子书试读

  试读文学经典,收获智慧人生。

微信扫码